COLLECTION FOLIO

Pascal Lainé

Monsieur, vous oubliez votre cadavre

Éditions Ramsay

CHAPITRE PREMIER

Le cou présentait plusieurs blessures : la plus importante faisait une balafre d'environ quatre centimètres au niveau du cartilage thyroïde. Deux petites incisions apparaissaient à proximité de l'artère carotide gauche, et une autre, plus profonde, par où le sang s'écoulait encore, entaillait la mâchoire inférieure, à droite, près de l'oreille.

Aucune de ces coupures, bien entendu, n'était mortelle, et Robert Lester eut la force de grommeler quelques jurons bien fétides avant de découvrir la boîte de sparadrap dissimulée derrière le vaporisateur à insecticide, dans l'armoire à pharmacie. Il se pencha vers le miroir du lavabo pour appliquer les pansements sur ses écorchures, et se mit à pousser de faibles piaillements comme il appuyait le tissu adhésif sur sa peau.

De la racine des cheveux jusqu'au milieu du nez, l'inspecteur divisionnaire Lester était sûrement le cerveau policier le plus doué de sa génération. Mais à partir du menton, pour le moment, ça donnait plutôt le fruit d'une liaison entre le pithécanthrope et une vieille chambre à air.

Le tube fluorescent éclairait ce fait divers d'une lumière pas gaie de couloir de métro. On n'a pas idée de s'enlever une barbe d'un mois à 6 h 30 du matin, et avec un coupe-chou de coiffeur, pour aller plus vite !

Il s'était laissé pousser ça pour fêter ses quarante-trois ans et demi, et aussi pour rencontrer quelqu'un d'autre, le matin, dans le miroir du lavabo. Mais il avait le poil comme du barbelé, et la dame de la nuit dernière avait déguerpi du lit au bout d'une heure, toute rouge de la tête aux orteils et couinant que la guerre était finie.

Il replia le rasoir, gagna sa chambre, et jeta l'instrument dans un tiroir de la commode, à côté du revolver de service qui rouillait là depuis vingt ans. C'était un maladroit, Lester, capable de se trancher la gorge avec les petits ciseaux, peut-être même avec la brosse à ongles, ou de mettre le feu à l'immeuble en lisant le journal du soir.

Il n'avait pas le sens des objets. Il n'avait pas d'autorité sur eux. Quand, au moment d'éteindre la lampe de chevet, il ne trouvait pas le cendrier qu'il croyait avoir posé sur la table de nuit, il écrasait sa cigarette dans le journal du soir, plié de façon ad hoc, et le papier s'enflammait immédiatement. Le lendemain il recommençait.

Il s'assit sur le lit pour enfiler ses chaussures jaunes dont il cassa posément les deux lacets : Lester était un maladroit six jours sur sept. Mais le dernier jour, celui de la malchance, il devenait une catastrophe vivante que seul un artificier expérimenté pouvait à la rigueur approcher sans danger, et c'était un vendredi 13 pour tout le quartier.

Ayant rafistolé ses lacets, il se rendit dans la cuisine où l'appelait le sifflement de la cafetière napolitaine, qu'il retourna et posa sur le plateau du petit déjeuner.

Il n'omit point d'éteindre la plaque chauffante.

Le plateau du petit déjeuner fut déposé sur la table

basse, dans le salon, face au canapé. La principale décoration de la pièce consistait en un aquarium de la taille d'une armoire : il n'y avait dans ce superbe récipient qu'une espèce de petit requin très laid, qui semblait s'ennuyer à nager tout seul dans son court-bouillon de mille litres. La bestiole avait croqué les deux douzaines d'autres poissons que Lester lui avait donnés comme compagnons.

Le coupable ne risquait pas de s'enfuir, d'ailleurs il n'avait aucune raison de le faire puisque sa prison en valait bien une autre et que Lester était contre la peine capitale. Le policier le plus perspicace de la Criminelle s'était bien attaché à cet assassin, finalement, ni plus bête ni plus méchant que n'importe quel brave type qui cache un fusil dans son garage à cause des voyous, et ne demande au fond qu'à crever de sa belle mort.

Lester versa le contenu de la cafetière, partie dans son bol, partie sur le plateau, puis, au lieu de s'asseoir, il retourna dans la salle de bains pour jeter un coup d'œil sur son visage désormais glabre et balafré. Il se trouva l'air suspect, et les sparadraps qui lui couvraient la mâchoire inférieure complétaient fâcheusement le signalement. On n'est jamais tout à fait celui qu'on voudrait être.

Un quart d'heure plus tard, il finissait d'enfiler son imperméable dans l'escalier de l'immeuble. La concierge l'arrêta sous le porche pour lui remettre la quittance de loyer, et lui rappeler que le monsieur de la compagnie d'assurances visiterait de nouveau son appartement dans la matinée, rapport aux inondations qu'il avait provoquées en mars et en avril.

Et puis elle observa qu'il pleuvait depuis huit jours et qu'on rallumerait le chauffage en plein été si ce temps continuait. Elle s'occupait depuis bientôt quarante ans de la propreté de l'immeuble, de la cour, et d'un grand bout de trottoir, mais aujourd'hui elle ne trouverait pas la force de grimper sur le toit pour frotter l'azur crasseux qui se traînait au ras des cheminées : alors il arriverait ce qu'il arriverait : « Vous verrez, pérora-t-elle en retenant Lester par la manche, un jour on aura les retombées de tout ça ! »

Depuis une semaine, à dire vrai, c'était presque arrivé. Lester tira le battant de la porte cochère, leva le col de son imperméable, et courut jusqu'à sa voiture, vingt mètres plus loin, sous les retombées de tout ça en cataracte crépitante.

Le moteur de la vieille Renault banalisée couleur terrain vague voulut bien cliqueter à la troisième sommation, mais la vénérable caisse se refusa ensuite au moindre déplacement. Ayant tabassé sans résultat la boîte de vitesses dans de grands hululements de l'embrayage, le policier mit en marche les essuie-glaces et aperçut alors le corbillard grossièrement avachi sur le bateau de l'immeuble, occultant sans façon le bel avenir devant la Renault, pare-chocs contre pare-chocs. Lester n'aurait pas trouvé plus incongrue la rencontre d'une maman-cafard barbotant avec ses petits dans son bol de café : il tenta quelques discrets coups d'avertisseur à l'encontre du noir et solennel enquiquineur, mais sans résultat. Alors il quitta sa voiture malgré la pluie battante, et alla cogner contre la portière du fourgon, dont les vitres étaient opacifiées par de la buée, preuve que le passager de ce véhicule funéraire était loin d'avoir rendu le dernier soupir. Après quelques secondes, une main surgie du néant essuya la vitre arrière, et un visage apparut dans l'espace ainsi dégagé : un visage de jeune fille, drôle de petit spectre aux cheveux blonds ébouriffés, aux pommettes couvertes de taches de rousseur, aux yeux encore tout plissés de sommeil.

D'un geste impatient du bras, Lester désigna sa Renault de service immobilisée par le corbillard en situation irrégulière et quelque peu baroque. Une seconde tête — celle d'un grand garçon d'une vingtaine d'années qui n'a pas eu tout à fait ses dix heures de sommeil — vint s'encadrer à son tour derrière la vitre du fourgon. Lester le dévisagea, sous le verre, comme il aurait examiné une photo anthropométrique. Les cheveux étaient bruns et l'œil arrondi par un réveil trop brusque : l'individu avait l'air effaré d'un veilleur de nuit qu'on aurait expulsé du harem du grand calife, où se passait son rêve. Le policier montra de nouveau sa Renault, sur laquelle s'était vautré le corbillard, et donna un grand coup du plat de la main sur la tôle, pour mieux manifester son irritation.

La portière s'entrebâilla comme à regret, et vint heurter contre le capot de la Renault. La voix de Lester s'engouffra par l'ouverture.

— Pourquoi ne garez-vous pas votre « machin » dans l'escalier de l'immeuble, pendant que vous y êtes ?

Le gamin devait encore songer aux seins ronds et blancs de ses sultanes, et ne parut pas l'entendre.

— C'est parce que tu as mis un smoking de location à ta chiotte, que tu te crois tout permis ? ajouta plaisamment l'inspecteur.

Il avait eu largement le temps de préparer les deux phrases.

La portière se referma, et deux visages ébahis et vagues flottèrent un instant derrière la vitre, avant de se noyer quelque part au fond du corbillard : l'escargot s'était rétracté dans sa coquille.

Lester se mit à cogner comme la Milice contre le flanc du véhicule dissident.

Une seconde plus tard, à l'avant du corbillard, la vitre du croque-mort s'abaissa de quelques centimètres, et une petite voix fluette et mal assurée proféra cet avertissement :

— Si vous continuez, on appelle les flics !

Ça ne donnait rien de bien impressionnant, à peu près comme le sifflement d'une baudruche qui perd son gaz.

— La police ! Ah ! Ah ! s'esclaffa l'inspecteur.

D'une enjambée, il se trouva face à la petite tête ébouriffée, qu'il défia du regard.

— Vous voulez vraiment appeler la police ? répéta-t-il.

Et il assena un grand coup de chaussure jaune au corbillard.

— Voyons, papa ! fit quelqu'un derrière lui.

C'était le grand jeune homme qui n'avait pas assez dormi.

Lester n'était le papa de personne, et avait frémi sous l'apostrophe. Mais en fait de fiston, il n'aperçut que le pied, puis la tige, et enfin la tête d'un adolescent très maigre en forme de lampadaire, qui le considérait du haut de ses presque deux mètres. Il portait un superbe blouson de cuir, tout rehaussé de boutons de fer, provenant certainement d'une vache écrasée sur un passage clouté.

Le lampadaire avait un air d'innocence propre à éclairer toute la rue, et ne fit aucune difficulté pour reconnaître que la voiture du monsieur en colère était bloquée le long du trottoir par son propre véhicule.

— Mais ce n'est pas un corbillard, tint-il à préciser, c'est un camping-car.

— Un camping-car ? vraiment ? Et vos sacs de couchage, vous les avez trouvés chez Borniol ?

— Nous avons un canapé-lit, rectifia le grand jeune homme, à peu près comme il aurait dit : « Nous possédons un château en Sologne. »

Le minois aux taches de rousseur descendit à son tour du corbillard de tourisme, voyant que le monsieur d'un certain âge s'était calmé. Elle portait sur ses blue-jeans une jolie fourrure verte.

— Vous vouliez vraiment appeler la police ? ricana Lester.

— J'ai dit ça pour plaisanter.

L'averse venait de s'interrompre, et la jeune fille secoua sa somptueuse chevelure aux reflets roux : le veilleur de nuit ne devait pas avoir besoin de beaucoup rêver : un harem en grande forme habitait le canapé-lit du corbillard. Lester se dit qu'on ne sait pas profiter de ces choses avant quarante ans, heureusement !

Mais la frimousse n'avait pas fini de parler.

— En fait, je n'avais pas besoin d'appeler la police, fit-elle en soupesant du regard le monsieur d'un âge à savoir profiter de la vie.

— Ah, oui ? Ah, vraiment ?

— Quand Laurent descend de son premier étage, il vaut mieux ne pas lui marcher sur les pieds, expliqua la pisseuse.

Lester leva les yeux vers l'entresol d'où le dénommé Laurent, en effet, le considérait avec calme et autorité. Il haussa les épaules, pour se donner une contenance.

— Bon ! je vais dégager votre bagnole, fit le locataire d'en haut.

— Excusez-nous, hein ! renchérit la fille.

Et chacun s'installa dans son propre véhicule, le plus grand en se repliant comme une paire de lunettes, l'autre en grattant pensivement le sparadrap qu'il avait sous le menton. Le corbillard avança de deux mètres. La Renault resta immobile.

Le moteur grondait, l'embrayage hurlait, les essuie-glaces couinaient, Lester grommelait et jurait, et aucun mouvement ne sortait de ce tintamarre.

Laurent eut le temps de quitter son fourgon, suivi de la fourrure verte, pour venir assister aux efforts de l'inspecteur.

Le garçon se pencha, se cassa en deux, plutôt, au-dessus de la Renault — on aurait dit une grue sur un chantier — et la tête descendit au bout de son câble pour arriver en vis-à-vis de Lester.

— Ce n'est pas moi qui vous empêchais de partir, dit-il avec la simplicité de la bonne foi, c'est votre embrayage.

— Je ne l'aurais pas cassé sans votre...

Il chercha en vain un substantif vraiment irrémédiable. Puis il remonta sa vitre, et décrocha le téléphone.

« Il y a le téléphone dans cette tire ? » s'étonna en lui-même Laurent.

Cela lui paraissait aussi peu approprié qu'un tourniquet d'arrosage, par exemple, au milieu du Sahara.

Lester appela le quai des Orfèvres. On lui dit que son adjoint, l'inspecteur Lucas, faisait une filature du côté de Barbès, et qu'il n'y aurait sans doute pas une seule voiture disponible de toute la journée.

Il arracha la clé de contact du tableau de bord, la jeta dans le vide-poche, et poussa la portière d'un grand coup d'épaule, comme on le fait dans les films noirs. Après ce geste spectaculaire, toutefois, il ne lui restait qu'à prendre le métro.

— Je veux bien vous dépanner, fit alors le grand garçon du corbillard.

Il avait surtout envie d'essayer le téléphone, dans la bagnole.

Le policier le toisa sans répondre, comme l'aurait fait un évêque entendant un cheval lui demander le baptême.

— D'après le bruit, ça doit être le disque, précisa le cheval.

— Parce que vous savez réparer un embrayage, évidemment ! persifla le policier.

— Je bricole.

— Et la pièce ? Où pensez-vous trouver la pièce ?

— Eh bien... justement... un embrayage de Renault, ça se trouve.

— C'est moins facile à piquer qu'un rétroviseur, mon petit ami !

Laurent expliqua qu'il connaissait un certain Tony, ferrailleur quelque part en banlieue, et que sur le terrain vague de Tony la fine fleur des HLM venait faire ses emplettes comme dans un drugstore.

— Il a un nom de famille, votre Tony ?

Un citoyen qui fait pousser les embrayages dans son potager, ça intéresse toujours un policier, mais comme client plutôt que comme fournisseur.

— Pour tout le monde il s'appelle Tony, dit le garçon, qui ajouta avec ferveur : c'est un gitan — comme si cette qualité avait valu à ses yeux une sorte d'agrégation ou de doctorat ès-tôle ondulée.

— C'est un *prince* gitan, renchérit la greluche, à côté de lui.

— Il se balade en costard blanc, poursuivit Laurent, et il est couvert de diamants : on dirait une enseigne lumineuse.

On parla pendant quelques instants du gitan, de ses bagues, de ses colliers, de ses deux Mercedes, l'une rouge, l'autre gris argent, avec lesquelles il se pavanait dans la zone : c'était le cortège du couronnement à lui tout seul, ce Tony.

Les relations s'étaient bien améliorées entre le monsieur et les deux godelureaux : songeant que sa voiture de service était dans un état à ne plus craindre grand-chose, l'inspecteur accepta que Laurent bricolât l'embrayage pendant la journée. Flatté peut-être par cette marque de confiance, le garçon offrit d'accompagner Lester à son travail, et demanda familièrement :

— A propos, vous faites quoi pour avoir le téléphone dans cette bagnole d'enfer ?

— Vous allez voir.

Quelques minutes plus tard le corbillard entrait dans la cour du 36, quai des Orfèvres, où picorait une nuée de Français à képi telle que Laurent n'en avait jamais imaginé même dans ses cauchemars.

Le commissaire Fournel, patron de Lester, traversa la cour sur sa bicyclette bleue au moment précis où l'inspecteur descendait du corbillard. Les deux hommes s'immobilisèrent. Lester se fabriqua une manière de sourire tandis que le commissaire le considérait avec stupéfaction.

— Je peux m'en aller ? Ils vont me laisser sortir ? s'inquiéta Laurent.

— Fichez-moi le camp ! ordonna l'inspecteur entre ses dents.

Le fourgon mortuaire fit demi-tour au milieu des flics médusés, et quitta prestement le 36, quai des Orfèvres.

Fournel ne fit pas de commentaire sur le curieux équipage ni sur les pansements de l'inspecteur Lester : il avait bien d'autres chats à fouetter, et il entraîna son plus brillant collaborateur vers une grosse voiture noire qui stationnait un peu à l'écart des véhicules de service.

— Montez vite ! on nous attend.
— Où cela ?
— Chez le ministre.
— On l'a assassiné, ou il veut me décorer ?

CHAPITRE II

Une journée commencée dans un corbillard, pour la plupart des mortels, a vraiment peu de chance de bien se terminer, c'est un fait d'expérience.

Lester n'échappait pas à la règle : vers 10 heures, ce même matin, on l'avait poussé dans un avion de la taille d'une cocotte en papier, et vogue la galère vers de nouvelles aventures ! Or l'inspecteur détestait l'avion : rien que d'en regarder passer là-haut, dans le grand vide bleu, il en avait l'estomac retourné. Quant à se laisser enfermer dans ces engins, cela lui semblait aussi peu raisonnable que de vouloir s'introduire dans une boîte à lettres pour voyager au tarif de la poste.

Le compagnon de voyage de Lester consulta sa montre. C'était un homme impeccable de la tête aux pieds : trente-cinq ans, cravate à rayures, le menton rasé de près, sans le moindre sparadrap, et pointé certainement vers une grande carrière. Il s'appelait de Chalendray, un nom impeccable aussi, qu'on aurait pu dérouler comme un tapis rouge et or dans un couloir de ministère : de Chalendray était précisément le chef de cabinet du ministre de l'Intérieur.

— Nous serons sur place avant midi, déclara-t-il. Je me rendrai immédiatement chez le préfet pour régler les questions... administratives. Vous n'aurez que peu de temps pour procéder aux constatations, car nous devons absolument ramener les deux corps ce soir même.

Le timbre de voix de ce haut fonctionnaire évoquait une boîte d'allumettes qu'on secoue : cet énarque aux dents très longues ne devait pas se laisser facilement marcher sur les incisives.

— Nous devrons ramener les corps dans cet avion ? s'alarma Lester.

Il éprouvait toujours le besoin de se faire confirmer une perspective désagréable, ce qui n'est pas un moyen de changer le cours des choses. De Chalendray désigna d'un geste de la main les dix ou douze fauteuils vides, devant eux :

— Il me semble que la place ne manque pas.

Ils étaient les deux seuls passagers du petit biréacteur. Lester s'était tout de suite recroquevillé au fond de la cabine, et s'efforçait de ne pas respirer trop fort, pour ne pas déséquilibrer la machine volante. On a vu des catastrophes aériennes survenir pour un rivet mal fixé, ou pour un trou de mite dans la casquette du copilote, alors pourquoi pas pour un éternuement !

De Chalendray n'avait pas remarqué l'anxiété du policier, et parcourait avec sérénité les feuillets qu'il venait de sortir de sa serviette de cuir. Lester aurait pu crever d'une crise cardiaque ou bien tenter de descendre en marche par l'issue de secours, l'autre, à côté de lui, ne se serait aperçu de rien : c'était un homme qui consultait des dossiers.

— Le problème, avec les meurtres, songea l'inspecteur à mi-voix, c'est que ça laisse des cadavres.

— Vous n'aimez pas les cadavres ? fit l'autre, un peu comme il aurait demandé : « Vous n'aimez pas la musique de Wagner ? »

Lester haussa les épaules : non seulement on l'avait

jeté dans un avion, lui qui avait le vertige sur la première marche d'un escabeau, non seulement on lui demandait d'empaqueter proprement les deux victimes et de les ramener à la maison, mais on l'avait flanqué de ce de Chalendray qui se permettait de l'entendre quand il pensait tout haut !

— Vous êtes comme un chirurgien qui ne supporterait pas la vue du sang, insista celui-ci dans un sourire. Ça doit être embêtant, non ?

« Moins embêtant, mon petit monsieur, que d'avoir appris la vie au Musée Grévin », ricana Lester dans son for intérieur.

— J'avais un oncle officier de marine, poursuivit l'autre, qui souffrait du mal de mer. Pendant quarante ans il a été malade, chaque jour et chaque nuit. Mais il n'était heureux que sur un navire, ah, ah !

Lester sourit faiblement, et pria pour que les ailes de l'avion ne se détachassent point avant l'atterrissage : ce de Chalendray avait une gueule à figurer dans une bête catastrophe.

— Comment êtes-vous entré dans la police ? reprit le monsieur tiré à quatre épingles. Est-ce que vous aviez la... vocation ?

Il détacha nettement le dernier mot, pour montrer qu'il n'usait qu'avec précaution de ce terme quelque peu métaphysique.

— Je suis devenu policier par curiosité, répondit simplement Lester.

— Par curiosité ?

— Les assassins m'intéressent...

Il gratta machinalement l'un des sparadraps qu'il avait sur le menton, et il ajouta :

— ... même ceux qui n'ont tué personne.

De Chalendray approuva de la tête, l'air pénétré.

— Vous semblez connaître la nature humaine, ah, ah !

Puis il tendit à l'inspecteur une feuille du dossier qu'il consultait :

— Voici quelques-unes des activités de ce monsieur, fit-il d'un ton mi-réprobateur, mi-admiratif.

Lester se mit à lire à mi-voix :

— « Société des Engins Magne, électronique Marcel Magne, lignes aériennes d'Afrique centrale... »

— Cette liste ne tient pas compte de ses participations dans d'autres sociétés. Il s'intéressait particulièrement à l'Afrique : l'uranium, l'or, les diamants... j'en passe. Il avait plus ou moins acheté deux ou trois républiques de là-bas, qu'il approvisionnait en armes de tous calibres, le plus souvent de sa fabrication.

— Il va s'ennuyer, maintenant qu'il est mort.

Il était mort, en effet. Et bien mort, le corps criblé de balles. On est toujours puni par où l'on pèche, et Marcel Magne n'aurait peut-être pas dû vendre des armes à n'importe qui.

— Et la femme qu'on a trouvée avec lui ? demanda Lester.

— Nous avons un dossier sur elle.

« Bien sûr, songea le policier. Ils ont un dossier sur la femme également. Sans doute depuis longtemps. A la Criminelle nous sommes des enfants de chœur à côté de ces messieurs.

— C'est que, reprit l'énarque, cette jeune femme, Pearl Inshar, était la fille de l'actuel président d'une de ces républiques...

— ... dont Marcel Magne s'était rendu plus ou moins propriétaire.

— Si vous voulez.

— Oh, moi, je ne veux rien, soupira Lester, qui était

depuis vingt ans locataire d'un modeste trois pièces, près du parc Montsouris.

— Cette Pearl Inshar, évidemment, avait retenu notre attention en devenant la maîtresse de Marcel Magne. C'était une très belle femme. Elle posait pour des photos de mode. Pendant un moment on l'a vue sur les affiches, un peu partout dans Paris. Une superbe Noire, grande, très mince, un cou interminable, des yeux en amande... Marcel Magne aurait cherché à lui faire abandonner sa carrière, semble-t-il...

— Il voulait l'avoir pour lui tout seul...

— Sans doute : marié, un héritier légitime, cinquante affaires à régler en même temps, un quart d'heure pour manger, et cinq minutes pour voir sa maîtresse... cette sorte d'homme a besoin que chacun reste à son poste vingt-quatre heures sur vingt-quatre pour attendre ses ordres.

— Cette sorte d'homme... murmura en écho le policier, songeant que le jeune de Chalendray ne devait pas en être fort éloigné.

— Nous atterrissons, remarqua celui-ci.

Lester se pencha vers le hublot, s'agrippant des deux mains aux accoudoirs de son fauteuil pour ne pas passer par-dessus bord. Il trouvait qu'on descendait beaucoup trop vite. On voyait les champs et les vignes défiler sous l'aile de l'avion. On distinguait même les voitures, sur l'autoroute, trois mille mètres plus bas. Il faisait un temps radieux sur la Provence, mais quelle importance ? On allait forcément s'écraser dans ce beau temps, et Robert Lester ne se souciait pas d'apprendre s'il y a des saisons dans l'autre monde.

— Le plus curieux dans cette histoire, reprit de Chalendray, qui faisait pleinement confiance au pilote...

— Le plus curieux ? haleta le policier, qui aurait donné n'importe quoi pour se changer les idées.

— ... C'est que cette Pearl Inshar, qu'on vient de trouver morte, avait disparu voici trois ans, à Rome, où elle posait pour un magazine japonais.

— Ah oui ? disparu ?

Il n'avait pas écouté, bien sûr ! Et il se fichait bien d'apprendre que quelque chose ou quelqu'un avait disparu, du moment que ce n'était pas un morceau de l'avion.

— Évanouie sans laisser la moindre trace, poursuivit l'énarque. On a étouffé l'affaire, à l'époque, pour éviter des complications internationales. D'ailleurs le père de Mlle Inshar ne nous a pas trop embêtés. Il a une trentaine d'autres filles, et autant de garçons. Il craignait surtout qu'on exigeât une rançon pour celle-ci : il voulait bien la perdre, ou la retrouver, ça lui était égal pourvu que ce fût gratuit.

Lester avait retenu à grand-peine les grandes lignes d'une histoire dans laquelle une sorte de Barbe-Bleue achetait ou vendait des enfants par lots de trente. Cependant, de Chalendray continuait son exposé :

— A l'époque, les enquêteurs ont émis l'hypothèse que Marcel Magne lui-même avait enlevé la jeune femme, et la séquestrait. Leur supposition semble aujourd'hui tout à fait avérée, ne croyez-vous pas ?

— Si ! parfaitement ! bredouilla le policier.

Au même instant l'avion toucha le sol sans qu'il se passât rien d'irrémédiable.

Deux voitures de police, seulement, stationnaient dans la cour de la propriété de Marcel Magne, grosse maison ocre sous les platanes, à un demi-kilomètre du village. L'assassinat du marchand d'armes déplaçait moins de monde que ne l'eût fait le meurtre d'un voyou local, et le commissaire Marion, qui venait d'accueillir Lester, avait pris pour la circonstance l'allure d'une jeune fille au confessionnal, malgré une trogne de vieux grenadier de la Garde et la Gitane maïs qui charbonnait dans son épaisse moustache grise.

— « Ils » vous attendent dans la cuisine, murmura-t-il à Lester, avant d'ajouter, encore plus bas : je n'ai ici que trois de mes adjoints, des hommes de toute confiance : si vous leur dites que votre Marcel Magne vient de prendre froid à cause des trous qu'il a dans le corps, ils vous jureront que c'est un mensonge.

Les deux hommes entrèrent dans la cuisine par une porte donnant directement sur la cour. A part le drôle de gibier déposé sur une grande table peinte en blanc, au milieu de la pièce, tout respirait la sérénité dans cette belle salle au plafond voûté soutenu par de gros piliers. C'était un endroit où faire des confitures à l'ancienne. L'éclairage d'une jolie suspension d'opaline, au-dessus de la table, découpait dans la pénombre les cadavres de Marcel Magne et de sa maîtresse.

Lester s'approcha, tandis que le commissaire Marion demeurait quelque peu en retrait, pour bien montrer que l'affaire était désormais entre les mains du collègue de Paris.

— Vous les avez trouvés dans cet état ? demanda Lester.

— Nous avons relevé cinq impacts de balles sur l'homme, et il y en a bien davantage sur sa voiture.

— Mais la femme ? est-ce qu'elle était... comme ça ?

— Comme ça ! tout à fait nue ! Elle n'a reçu qu'une balle, mais mortelle, dans la région du cœur. Le projectile est ressorti par le dos.

L'inspecteur se pencha pour examiner le point de pénétration, sous le sein gauche.

— Vous avez nettoyé la plaie ?

— Nous n'avons touché à rien.

— Comment expliquez-vous qu'une balle de gros calibre ait pu traverser le corps de cette femme sans provoquer d'hémorragie ?

Le commissaire Marion n'expliquait rien du tout. Il avait posé les corps sur la table de cuisine parce que c'était la plus grande table de la maison, il avait rentré discrètement la voiture toute trouée de Marcel Magne dans le garage de la propriété, et il avait consigné les domestiques dans le salon en attendant que Sherlock Holmes voulût bien les interroger. Quant à lui, qui n'était plus qu'à un an de la pêche à la ligne et de la télé au coin du feu, il n'avait rien à fiche des deux cadavres, hémorragie ou pas : il attendait seulement qu'on les enlevât de la ligne de mire de sa retraite. Un an ! une petite année seulement avant les charentaises et la robe de chambre, et voilà que la guigne jetait deux assassinés pas catholiques sur son bureau, entre le cendrier à moitié plein, le verre de Ricard aux trois quarts vide, et le dernier avis de notation administrative.

— C'est vrai, reconnut-il à la fin, de mauvaise grâce. Elle n'a pas beaucoup saigné.

Elle aurait pu y mettre un peu du sien, la garce ! Mais après tout, une négresse qui se fait balader à poil dans la bagnole d'un marchand de canons peut bien se permettre de ne pas saigner quand les convenances l'exigeraient. Le commissaire Marion n'en était plus à une bizarrerie près : quarante ans de métier dans la police tous azimuts, depuis les viols de vieilles dames jusqu'aux bagarres du samedi soir, ça finit par peser un peu sur le jugement. La tête a des flatulences et le cervelet attrape des durillons.

— Il n'y a qu'une explication, reprit Lester : cette

femme était déjà morte quand on a tiré sur elle. Marcel Magne transportait un cadavre.

La grosse figure du commissaire passa du rouge vif au pourpre : ça faisait grimper la tension, à son âge, ces complications. Il ralluma d'un geste impatient sa Gitane maïs, grillant quelques poils de sa moustache à la flamme du briquet. Ce policier s'intéressait de moins en moins aux affaires policières. On ne le payait pas pour raisonner, du moins pas assez cher. Il commençait à s'en rendre compte, après quarante ans de carrière !

— Nous serons fixés demain, poursuivit Lester, quand le médecin légiste les aura examinés tous les deux.

« Tant mieux pour toi, murmura en lui-même le commissaire, parce que moi, je m'en tape ! »

Les deux hommes ressortirent dans la cour pour gagner le garage où l'inspecteur principal Belot et l'inspecteur Lange finissaient d'examiner la voiture de la victime. On fit de brèves présentations : l'inspecteur Belot, un grand type maigre qu'on aurait peut-être dû faire pousser avec un tuteur, s'essuya les paumes à son blue-jean avant de tendre la main.

— Je vous donne le petit doigt, s'excusa-t-il. Il y a du sang partout, dans cette caisse.

Lester constata que le petit doigt collait un peu, et invita du geste l'inspecteur à ne surtout pas interrompre son travail pour lui. Ce dernier replongea dans ses investigations, fouillant après quelque chose sous le siège du conducteur et montrant sans façon le dernier ressemelage de ses bottines pointues.

Lester fit lentement le tour de la voiture, une Ferrari rouge vif dont les vitres semblaient avoir été soufflées par une explosion et dont la tôle était criblée d'impacts de balles. « Quel gâchis », grommela en lui-même le policier, qui avait un faible pour les belles bagnoles, et particulièrement pour les Ferrari.

— Putain ! c'était quand même une belle tire ! fit l'inspecteur Belot, comme en écho à ces réflexions.

L'autre inspecteur, le petit Lange, un blondinet qui avait sûrement du mal à ne pas trop ressembler à son nom, approuva gravement de la tête. Le commissaire Marion ralluma pensivement le bout de Gitane qui lui pendait à la lèvre, puis se ravisa, jeta le clope, et l'écrasa sous sa semelle.

Pendant un instant, les quatre hommes communièrent en silence dans le deuil de la superbe bagnole, pendant que les rigolos qu'on avait laissés là-bas, sur leur table de cuisine, le grossiste en canons et la femme à poil, commençaient à comprendre pour de bon que tout n'est que vanité.

Lester et le commissaire quittèrent le garage, laissant les deux inspecteurs finir de prier pour la 8-cylindres de Marcel Magne. Ils gagnèrent l'entrée principale de la maison, et traversèrent le large vestibule donnant accès au salon par une double porte de fer forgé : trois personnes étaient assises, et comme perdues, dans un angle de cette vaste pièce pleine de meubles de style comme on en voit seulement dans les séries télévisées américaines. L'inspecteur Bridoux, l'autre « homme de confiance » de Marion, surveillait les trois péquenots installés sur les beaux fauteuils.

— Le vieux joueur de pétanque et sa femme sont les gardiens, expliqua le commissaire à voix basse. Le type est un ancien d'Indochine. Il a cassé du Viet, mais maintenant il serait plutôt du genre à filer sa retraite au loto. Si vous le faites parler, vous en tirerez seulement du France-Dimanche. L'autre spécimen, le grand barbu qui louche, est plus intéressant. Il s'appelle Vilotevic, et se fait passer pour régisseur, mais je connais monsieur : on l'a épinglé il y a quelques années, quand il était le porte-flingue de Mémé Desanti, un truand de Marseille. Il tire de travers, peut-être bien à cause de ses yeux. C'est pour ça que Mémé Desanti l'employait : à la brigade criminelle, on l'avait appelé « balle-perdue », si vous voyez ce que je veux dire : notre oiseau se baguenaudait sur le boulevard, et il y avait un mort, bizarrement, dans la rue adjacente, en tout cas jamais sur le même trottoir : pendant dix ans il a collectionné les non-lieux... c'est le cas de le dire, ah ah !

Le collectionneur louche, justement, venait de se lever, voyant s'approcher Lester : il s'inclina légèrement, et commença sur un ton d'urbanité que ne laissait pas attendre sa physionomie plutôt rugueuse, ni les pensées qu'il devait nourrir à l'encontre du nouvel enquiquineur envoyé tout spécialement de Paris :

— J'ai entendu parler de vous, monsieur l'inspecteur, et je pense que les assassins de M. Magne n'iront pas courir bien loin !

Lester le regarda, interloqué : c'était la benne des éboueurs dans un concours d'élégance automobile, ce type ! De la main, le commissaire Marion repoussa le gorille vers sa chaise :

— L'inspecteur t'a interrogé ?

On n'était donc pas là pour prendre le thé : le barbu se rassit, la bouche ouverte. Son œil droit fixa Lester d'un regard interrogatif. Le gauche fusilla en douce le commissaire Marion. Pas vu, pas pris ! comme au bon vieux temps !

— Mais... je suis le principal témoin du meurtre... J'ai aperçu les assassins... j'ai noté la marque de leur voiture !

Il débordait de sens civique ! Il en postillonnait même, et ça coulait sur sa barbe.

Marion l'interrompit avant qu'il n'entonnât la Marseillaise ou le Chant du départ :

— Quel meurtre ? Quels assassins ? — On n'a pas encore décidé, l'inspecteur et moi, s'il y a eu meurtre, compris ?

— Compris, commissaire, fit le porte-flingue, décontenancé.

Lester jeta sur le collègue de province un coup d'œil mi-admiratif, mi-amusé. Le commissaire Marion avait un genre à lui, plus ou moins récupéré dans la garde-robe de Jean Gabin, et si sa cravate tirebouchonnée gardait la trace de plusieurs plats du jour, ce vieux flic bouffé aux mites savait encore se faire respecter.

Le témoignage du gorille — Milan Vilotevic, né à Zagreb en 1937 — intéressait l'inspecteur. C'était un cheval de retour, comme on dit, et on saurait bien lui faire tirer un peu la charrue. Mais Lester choisit d'interroger au préalable les gardiens : c'était bien le moins que la police s'adressât d'abord aux honnêtes gens, et comme ces derniers n'avaient certainement rien à dire, on en finirait vite avec eux.

Ils n'avaient rien à dire, en effet, et quand l'inspecteur leur eut demandé ce qu'ils avaient vu ou entendu la nuit passée, on protesta qu'on avait élevé quatre enfants et qu'on avait le droit, à soixante ans passés, de dormir profondément : ces braves gens avaient trouvé tout naturellement le ton qu'il faut prendre pour obtenir par exemple le remboursement immédiat d'un trop-perçu d'impôt. Le commissaire Marion les considérait d'un air d'indulgence. Il aimait bien les gens qui n'ont rien à dire : avec eux, les choses finissent presque toujours par s'arranger.

Lester laissa sans regret les deux gardiens, et prit une chaise pour s'installer face à Vilotevic, s'asseyant à califourchon, les avant-bras croisés sur le dossier, ce qui est la meilleure position pour interroger un truand : quand celui-ci fait sa mauvaise tête, le policier balance sa chaise d'avant en arrière, en porte-à-faux sur les pieds antérieurs, de façon insidieuse ou menaçante.

— Ainsi, vous avez aperçu les agresseurs...

— Oui, monsieur l'inspecteur : ils étaient trois.

Le commissaire Marion s'assit à son tour, un peu à l'écart. Il n'avait pas eu si souvent l'occasion de rigoler depuis quarante ans qu'il faisait le flic, et le numéro du super-détective parisien aux prises avec un Vilotevic, ç'allait être du pur Médrano : autant demander à une vieille pute de Marseille de signer qu'elle est vierge !

— Commençons par le commencement, reprit Lester...

« C'est ça, ironisa le commissaire dans son for intérieur : commençons par le commencement ! on verra bien où tu finiras ! »

— ... Où étiez-vous au moment de l'agression ?

« Et patati et patata », poursuivit en lui-même le vieux Marion.

— Dans ma chambre. Je dormais... et les coups de feu m'ont réveillé...

« Poil au nez ! » commenta silencieusement le Maigret local. Il fallait reconnaître que le Yougoslave avait la mine, au mieux, d'un curé qui aurait caché des photos non retouchées de Marie-Madeleine sous son surplis.

— ... J'ai sauté du lit, bien sûr, et je me suis précipité en bas... Enfin, auparavant j'ai enfilé mon pantalon, et puis...

Il laissa mourir un dernier filet de voix, et se tut, comme un petit garçon qui se met à danser d'un pied sur l'autre devant l'entrée de l'école. Le commissaire Marion leva un sourcil et sourit légèrement.

— Et puis ? reprit Lester.

— Et puis... comme j'entendais des coups de feu, j'ai pris, dans la table de nuit, mon... revolver.

— Dans la table de nuit, ou sous ton oreiller ? persifla le vieux commissaire.

— Ensuite ? demanda Lester. Ç'avait été plus fort que lui !

— Ensuite... j'ai déboulé dans la cour, et j'ai aperçu trois types, devant le portail, qui tiraient sur la voiture du patron. A bout portant ! On aurait dit qu'ils faisaient des trous à la perceuse électrique. Moi, voyant ça, je me suis planté derrière le puits, au milieu de la cour, et j'ai tiré à mon tour.

— Chassez le naturel, commença le commissaire...

— ... Il revient au galop, poursuivit machinalement Lester.

Vilotevic ne saisit pas l'ironie. Le naturel, chez lui, revenait si bien au galop qu'il se mit à tirailler un peu partout dans le salon, l'index et le médius pointés comme le canon d'un revolver. Marion les regarda en hochant le menton, puis tourna les yeux vers son collègue, comme pour dire : « Voilà l'homme ! »

— Quand ils ont vu qu'on ripostait, les tueurs ont rangé leurs flingues, et ils ont voulu emmener la femme qui se trouvait à côté du patron.

— L'emporter plutôt, corrigea Lester, car elle était déjà morte.

— Mais j'en ai touché un, triompha le Yougoslave : il s'est écroulé en appelant sa mère. Les autres l'ont porté dans leur voiture, une Renault qui se trouvait près de la grille, et ils ont filé. Il devait y avoir un quatrième bonhomme, dans la bagnole, parce que même Belmondo ou James Bond dans leurs films, ils n'ont jamais su démarrer aussi vite !

Lester apprécia. Ce Vilotevic qui gardait un revolver dans sa table de nuit n'avait pas l'air d'un mauvais bougre. Il aimait les films d'action, comme beaucoup de monde.

— J'ai couru jusqu'à la voiture du patron, poursuivit-il. Le moteur tournait encore...

— Marcel Magne a essayé de manœuvrer pour échapper à ses agresseurs, intervint le commissaire. Ils avaient dû commencer à tirer au moment où il ouvrait le portail.

— Il est donc descendu de voiture, remarqua Lester.

— Non ! l'ouverture se commande à distance, reprit le commissaire. Et quand Vilotevic est arrivé, la voiture ne se trouvait pas face à l'entrée, mais parallèle à celle-ci. Elle avait embouti par l'arrière l'un des montants du portail. Les roues, en patinant, ont creusé des sillons dans le gravier.

— Trois... ou quatre tueurs attendent Marcel Magne devant la grille de sa propriété, résuma Lester, et commencent à l'assaisonner à la façon d'un steack tartare. M. Vilotevic, fidèle compagnon de la victime, entend le bruit suspect de la fusillade, et trouve par chance dans sa table de nuit, à côté des boules Quiès et du flacon de somnifère, une vieille pétoire qui tire un peu de travers et qui n'a pas servi depuis son dernier non-lieu. Qu'à cela ne tienne ! M. Vilotevic met en déroute les bandits, qui disparaissent après avoir tenté — Dieu sait pour quelle raison ! — de s'emparer du cadavre de la maîtresse de Magne.

L'inspecteur se caressa le menton, et décolla pensivement l'un des sparadraps qui lui faisait une bizarre éruption de boutons rectangulaires. Le Yougoslave le regarda faire avec curiosité.

— Votre patron vous avait-il prévenu de son arrivée ? demanda le policier.

— Non ! d'ailleurs il ne venait qu'en fin de semaine, et il prenait le train. C'est moi qui allais le chercher à la gare.

Le vieux gardien qui n'avait rien à dire à la police prit alors la parole, sans doute parce qu'on ne l'interrogeait pas.

— M. Magne ne conduisait pas la nuit. Il n'y voyait pas bien.

Madame la gardienne parut acquiescer de la tête. En fait elle branlait du chef de manière à peu près ininterrompue, montrant qu'elle approuvait constamment ses propres pensées.

— C'est vrai, confirma le Yougoslave. M. Magne ne conduisait pas, la nuit.

Lester quitta sa chaise, fit quelques pas vers une des fenêtres, fourrant les mains dans ses poches, puis s'arrêta et fixa le bout de ses chaussures jaunes. C'étaient des chaussures neuves, mais de la même marque, du même modèle et de la même couleur que toutes celles qu'il portait depuis bientôt vingt ans. Il les choisissait trop grandes d'au moins deux pointures, à cause de ses cors aux pieds. Quand il réfléchissait, qu'il travaillait trop longuement, ou qu'il avait un souci, il finissait par souffrir des orteils comme d'autres souffrent de la migraine.

Il se tourna vers le commissaire Marion :

— Si je comprends bien, Marcel Magne a été abattu en un lieu où il n'avait aucune raison de se trouver au moment de l'agression. Et une femme disparue voici trois ans à Rome, ou peut-être son cadavre déjà, accompagnait la victime.

— C'est bien cela, dit Marion, pas mécontent de voir le collègue parisien commencer à patauger dans cette vilaine histoire.

L'inspecteur Belot entra sur les entrefaites, et tendit au commissaire un papier maculé de sang. Le vieux policier ne se souciait pas de l'examiner, et d'un signe de la main il adressa son adjoint à Lester. Celui-ci déplia le papier.

— C'est la facture de la dernière vidange de la voiture, expliqua Belot. Je l'ai trouvée sous l'un des sièges. Elle date d'hier, et elle a été faite à Paris.

— Combien de kilomètres, depuis cette vidange ?

— Un millier, environ.

— C'est trois cents de plus qu'il n'en faut pour venir de Paris.

Ces trois cents kilomètres de trop pouvaient constituer un indice. Marcel Magne, qui n'aimait pas conduire la nuit, ne s'était certainement pas écarté de sa route sans une raison précise. Mais comment savoir où l'avait conduit ce détour ? Sa maîtresse l'accompagnait-elle dès le départ de Paris, ou bien l'avait-il prise en route, l'enlevant peut-être du lieu secret où il la séquestrait depuis trois ans ? Et de quoi venait-elle de mourir, puisque selon toute apparence son décès était quelque peu antérieur à la fusillade ? Marcel Magne l'avait-il assassinée ?

Pourquoi, enfin, les tueurs semblaient-ils s'être tellement intéressés à ce cadavre ?

— Il est presque deux heures, et il y a un bon petit bistrot dans le village, dit le commissaire Marion dont l'estomac commençait à faire l'horloge parlante. Vous n'avez pas faim ?

— J'ai surtout mal aux pieds.

Lester et Marion gagnèrent le village et s'installèrent pour déjeuner sous les platanes, à la terrasse du

« Roi René ». Le commissaire posa son veston sur le dossier de sa chaise de fer, releva les manches de sa chemise, et s'essuya la nuque (mais il avait dû se tromper, le matin, et tirer du placard à linge une taie d'oreiller au lieu d'un mouchoir).

Il souffla bruyamment, à plusieurs reprises, comme un cachalot qui fait surface, ou comme s'il avait décidé de respirer là une fois pour toutes, et en tout cas pour le reste de la journée. Il regarda un instant le ciel, à travers les feuillages des platanes :

— Vous n'avez pas ce beau temps, là-haut, fit-il en remettant la taie d'oreiller dans sa poche.

Deux petites larmes brillaient au coin de ses paupières, à cause du soleil et d'un vieux diabète alcoolique.

Lester grommela un vague acquiescement.

— Ça fait huit jours, non, qu'il pleut à Paris ? insista le commissaire. C'est la mare aux canards, votre capitale, ah ah !

L'inspecteur ne prit pas la peine de répondre et commença d'examiner le trousseau de clés de Marcel Magne, qu'on venait de lui remettre. L'une des clés était d'un modèle qu'il n'avait encore jamais vu : le panneton ne comportait aucune ciselure, mais une série de lignes parallèles, gravées dans le sens de la longueur et diversement espacées. Ces lignes étaient si fines qu'on les distinguait à peine.

— Pas facile à reproduire, observa le commissaire.

— Autant dire, impossible.

Lester fourra les clés dans sa poche et prit sur la table la feuille sous plastique du menu. Étaient-ce les mouches qui erraient sur la nappe de papier, l'odeur de graillon qui flottait, ou la pensée des deux défunts qui attendaient là-bas, sur leur table de cuisine, qu'on voulût bien les laisser gagner l'autre monde, Lester ne se sentait pas en appétit. Il se fit servir une salade, pour accompagner son collègue qui avait commandé une fricassée d'escargots et un lapin chasseur.

— Vous devriez vous intéresser de plus près au Yougoslave, confia le commissaire sur le ton du secret.

— Sans doute, fit Lester conciliant. Avez-vous un soupçon précis ?

Le vieux Marion prit l'air faussement agacé d'un chef cuisinier à qui l'on aurait demandé le secret de sa plus fameuse recette. Du revers de la main, il chassa machinalement une mouche qui divaguait parmi ses escargots :

— Je n'ai rien de bien concret contre Vilotevic, admit-il après un instant. Mais « je le sens », ce type. Il pue l'assassin sournois et miteux.

Lester faillit lui répondre qu'il avait bien du mérite à « sentir » autre chose que la puissante odeur d'ail dégagée par son assiette. Le commissaire Marion n'était pas très porté sur les déductions. Il n'était ni de la vieille école, ni de la nouvelle. Il donnait les assassins à tant contre un, comme un bookmaker, et tant pis s'il se trompait quelquefois : les gens qu'il épinglait n'étaient jamais bien nets.

— Vilotevic est un second couteau, fit Lester. Quelqu'un aurait pu l'employer pour un casse banal, à la rigueur pour liquider un voyou sans trop de carrure, mais sûrement pas pour une aussi grosse affaire, même s'il était dans la place.

— A un bout de ma canne à pêche, il y a un fil et un tout petit ver, mais à l'autre bout il y a le gros Marion, dit sentencieusement le commissaire, qui aimait faire avancer ses idées à grands coups de paraboles dans le derrière.

Lester songea qu'un coupable comme Vilotevic aurait sans doute fait l'affaire de tout le monde. On aurait même évité de lui trouver trop de complices. Ainsi l'assassinat de Marcel Magne n'aurait été finalement qu'un fait divers, le crime d'une bande de pâles voyous : horrible, consternant, tragique autant qu'on voulait, mais un simple fait divers, ce qui valait bien mieux qu'un règlement de comptes politique, dont les implications auraient pu devenir très embarrassantes : le ministre de l'Intérieur en personne l'avait fait comprendre au policier le matin même. Cela s'était passé dans la demi-lumière d'un de ces vastes bureaux décorés de tapisseries anciennes et de meubles aux bronzes précieux, où l'usage est de ne parler qu'à mi-voix et généralement à demi-mot.

CHAPITRE III

Vers sept heures, le même soir, toujours flanqué du camarade de Chalendray, l'inspecteur, de retour à Paris, fut à nouveau introduit dans le bureau du ministre. L'huissier en habit noir referma silencieusement la porte sur les deux hommes. C'est un métier, songea Lester, que de savoir ouvrir et fermer les portes avec une telle solennité : pas le moindre bruissement, pas le plus petit courant d'air. C'est le destin lui-même que le petit fonctionnaire à six mille balles par mois faisait pivoter sur ses gonds.

Le commissaire Fournel se trouvait déjà dans la pièce. Il était seul, et pour se donner une contenance, sans doute, il affectait d'examiner l'une des tapisseries accrochées au mur.

Le ministre entra quelques secondes plus tard. Il n'avait pas besoin d'un huissier, celui-là. Il avait une porte pour lui tout seul. Une petite porte de trois fois rien, qui se permettait même de grincer. Le vrai pouvoir veut la simplicité, et Lester nota que le ministre n'avait pas fermé le bouton de son col, sous la cravate. C'était un homme d'une soixantaine d'années respirant l'énergie et la santé. Un grand sportif, autrefois. Le genre de type qui se réveille à six heures du matin, sautant du lit comme d'un train en marche, pour se donner le temps de refaire un peu le monde avant midi.

Le ministre salua la cantonade par un « Messieurs ! » courtois, précis, rapide, et si réussi, si magistralement posé, que cette simple apostrophe aurait parfaitement pu clore l'entrevue, l'ayant assez remplie par elle-même : Lester imagina un instant que le ministre allait finir de traverser le bureau au pas de course, et ressortir par l'autre porte.

Mais il invita son chef de cabinet et les deux policiers à s'asseoir auprès de lui, dans un angle de la pièce aménagé en salon :

— Eh bien, messieurs ?

Il s'était adressé à tout le monde à la fois, sans faire de distinction entre les trois serviteurs de la France qu'il avait réunis autour de sa personne et dont il attendait bien sûr le plus total dévouement.

De Chalendray prit la parole, clair, précis, rapide lui aussi. On sentait l'homme capable d'ajouter quelques étages à la tour Eiffel en deux coups de téléphone : il exposa que le regretté Marcel Magne avait été la victime, selon toute vraisemblance, d'un commando terroriste certainement manipulé par les services secrets soviétiques.

Lester et le commissaire Fournel se regardèrent, également ébahis. Ils s'étaient téléphoné voici deux heures, et Lester avait fait part à son patron de ses premières réflexions, à dire vrai de peu de conséquence encore. Jamais l'inspecteur ne se serait permis, à ce moment de l'affaire, d'évoquer l'hypothèse d'un attentat extrémiste plutôt que l'une ou l'autre des mille éventualités qu'on pouvait imaginer a priori.

Le ministre, cependant, parut accueillir avec le plus grand intérêt la trouvaille de son chef de cabinet :

chacun sait que les groupuscules terroristes, qu'ils soient de droite, de gauche, ou d'inspiration pacifiste, sont infiltrés par des agents du KGB. Et Marcel Magne constituait évidemment une cible de premier choix pour ces activistes. Mais selon le ministre, il ne fallait pas écarter tout à fait l'hypothèse d'une opération parallèle des services secrets américains, qui ont de nombreux sous-marins parmi les agents soviétiques et dont on savait l'hostilité à l'encontre de l'industriel français.

L'homme d'État et son chef de cabinet continuèrent d'élaborer le feuilleton pendant un bon moment, avant que le maître des lieux ne demandât, sans doute pour la forme, l'opinion des deux policiers.

Le commissaire Fournel continua d'inspecter les moulures du plafond, qu'il examinait depuis que le ministre et son acolyte avaient commencé leur duetto, et laissa sans vergogne à Lester le soin d'exprimer poliment aux deux messieurs l'opinion de la police.

Mais comme l'inspecteur demandait si tel ou tel groupe activiste avait effectivement revendiqué l'assassinat de Magne on dut bien admettre que cette formalité n'avait pas encore été remplie. Lester ne manqua pas de s'en étonner : comment des gens capables de tuer pour se donner la plus grande publicité possible avaient-ils pu omettre d'alerter les médias aussitôt leur crime accompli ?

— Ils vont le faire, affirma de Chalendray, qui voulait bien se porter caution pour les assassins de Magne.

— Ils vont le faire, répéta le commissaire Fournel dans un demi-sourire : ceux de droite, ceux de gauche, et même ceux auxquels nous ne pensons pas encore. Il nous suffira de leur apprendre que Marcel Magne vient d'être liquidé, et nous trouverons plus d'assassins qu'il ne nous en faut.

Le ministre réprima un mouvement de répugnance, comme si son stylo lui avait craché de l'encre sur les doigts :

— Vous n'êtes pas sérieux ?

C'est la formule qui lui venait spontanément, quand on le contrariait.

— Je suis tout à fait sérieux, insista Fournel, qui n'était pas près de devenir préfet de police.

Lester, depuis quelques secondes, poursuivait l'inspection des moulures du plafond commencée par son patron. De Chalendray le tira de sa rêverie :

— Il me semble que vous-même, inspecteur, dans l'avion...

— Dans l'avion ? fit-il soudain sur un ton très désagréable.

Il n'appréciait pas qu'on lui rappelât son retour vers Paris, tout à l'heure, les yeux fixés sur les deux paires de pieds qui dépassaient de la couverture, juste devant lui : on n'avait pas trouvé d'enveloppe au format cadavre pour expédier proprement Marcel Magne et sa compagne. Le commissaire Marion n'y avait pas pensé. Et pas question d'en demander aux pompiers, qui en ont toujours quelques-unes d'avance, puisque la mort du magnat de la bombe devait rester secrète jusqu'à nouvel ordre !

— Oui, dans l'avion, reprit l'énarque, vous évoquiez la possibilité d'un attentat politique.

— « Terroriste », corrigea aussitôt le ministre.

— Excusez-moi : « terroriste », en effet.

Lester consulta son patron du regard : celui-ci avait l'air de se marrer en douce. L'inspecteur décela comme un encouragement dans cette expression discrètement réjouie :

— Je gagnerais du temps dans mon enquête, monsieur de Chalendray, si vous vouliez bien me dire quel mouvement terroriste, parmi tous ceux qui existent, aurait votre préférence.

Si Fournel n'avait guère de chance d'être un jour préfet de police, Robert Lester n'en avait plus aucune de devenir jamais commissaire.

De Chalendray jeta sur le ministre le coup d'œil d'un épagneul qui demande s'il a le droit de courir après le lapin ou s'il doit encore tenir l'arrêt. Le ministre trancha :

— Vous boirez bien quelque chose ? fit-il à Lester, un peu comme dans ces films américains où l'héroïne se fait raccompagner chez elle et propose un whisky au monsieur avant de se faire convenablement sauter.

Du regard, Fournel congratula son adjoint : en une dizaine de mots, il avait maté le ministre. Ces gens-là veulent bien être contredits avec déférence. Mais qu'on se fiche d'eux, ça leur coupe le souffle !

Sans attendre la réponse de Lester, de Chalendray s'était levé, et par la porte donnant sur l'antichambre, avait ordonné à l'huissier de faire apporter des boissons.

Il restait les huissiers, Dieu merci ! Grâce aux huissiers les ministres ne se trouvaient jamais tout à fait nus devant le Créateur !

Une demi-heure plus tard, une limousine noire accompagnait Lester et Fournel au 36, quai des Orfèvres. C'était encore le bureau du ministre, cette bagnole avec son chauffeur pour cortège officiel, à la figure avenante comme une feuille d'impôts. Mais les ministères sont peuplés de gens de cette sorte, secrétaires, huissiers ou chauffeurs par milliers, qui ont dû venir au monde entre les pages du journal officiel, s'il est vrai que le reste de l'humanité voit le jour dans les choux.

Ni la bagnole ni la trogne discrètement funéraire du conducteur n'empêchèrent les deux policiers d'échanger leurs impressions sur l'affaire Magne et sur les intéressantes personnalités du ministre et de son acolyte. Le commissaire Fournel résuma en ces termes les propos des deux hommes : « Découvrez la vérité, mais à condition qu'elle nous plaise, et ne comptez pas sur nous pour vous dire ce qui nous convient ! »

— Ils nous envoient au casse-pipe, fit amèrement l'inspecteur : gare à la mutation si nous ne trouvons pas le bon assassin !

— Il n'y a plus de colonies, mon vieux. Tout ce qu'on risque aujourd'hui, c'est la province.

— Faire le flic à la Simenon, merci !

— Pendant que vous poursuivrez vos investigations, je me chargerai de l'enquête sur les exigences secrètes de notre ministre.

— Nous n'arriverons probablement pas au même résultat.

— On verra bien, fit le commissaire en écartant les deux bras dans un geste fataliste.

Il parut rêver une seconde, puis il ajouta :

— Après tout, un commissariat peinard à Brioude ou Yssingeaux, ça présente des avantages.

Il demeura encore songeur, avant de grommeler à contrecœur :

— Les petites routes d'Auvergne, à bicyclette, c'est magnifique, l'été.

— Il y a trois autres saisons dans l'année.

Dorénavant silencieux, les deux policiers se laissèrent emporter, résignés, vers leur destin provincial. Ils traversèrent l'Achéron par le Pont-Neuf, toujours conduits par le sinistre nocher du ministère, qui se fichait pas mal de leur histoire et devait tuer le temps en calculant machinalement ses points de retraite.

Lester rompit le silence comme on s'engageait sur le quai des Orfèvres.

— Pourquoi les gens deviennent-ils si antipathiques, dès qu'ils ont le pouvoir ?

Fournel répondit seulement par un petit rire.

— Et pourquoi se placent-ils si facilement au-dessus des autres ? insista l'inspecteur.

— Dites plutôt qu'ils mettent le commun des mortels au-dessous d'eux ! On ne monte pas vers le pouvoir : on fait descendre les autres dans l'obéissance.

— Ça, c'est un défaut que vous n'avez pas, patron !

— Nous sommes des hommes d'exception, mon cher Lester.

CHAPITRE IV

L'inspecteur faillit lâcher sur la dernière marche de l'escalier la portion de chop-suey que la jolie Mme Tine lui avait gardée au chaud.

Mme Tine avait sa boutique en bas de l'immeuble : elle vendait des champignons séchés, des patates douces, des boîtes de litchis au sirop, des bouquins de sagesse orientale et des plats cuisinés. Depuis dix ans, l'inspecteur se nourrissait ainsi de canard laqué ou de poulet aux pousses de bambou selon le jour de la semaine et l'inspiration de Mme Tine.

Ce soir-là, pourtant, il s'en fallut de peu qu'il n'eût à se contenter de spaghettis à la colle, qui sont le plat traditionnel des célibataires.

— On n'a pas osé entrer, fit le jeune homme assis sur le paillasson. On a préféré vous attendre sur le palier.

Il se leva, bâilla, et s'étira. Lester constata de nouveau qu'il avait les bras longs comme un discours de réception à l'Académie. La jeune fille se leva également, et fit le geste de défroisser sa jupe. En fait elle portait des blue-jeans très moulants dans lesquels elle avait dû terminer sa croissance.

— Il a réparé votre voiture, fit-elle en finissant de lisser les plis tout à fait imaginaires de son jean.

— Un travail d'enfer, commenta le jeune homme. Elle devait marcher surtout avec des prières, cette caisse ! Tenez ! voilà vos clés !

La main du garçon traversa le palier sans que ses pieds eussent bougé d'un centimètre, et tendit le trousseau de clés à l'inspecteur. Celui-ci considéra cette main, et le bras, puis haussa les épaules, l'air désapprobateur.

Il demeura indécis, ses clés à la main, pendant un instant. Les deux autres se tenaient immobiles, également, et semblaient attendre.

— Bon ! entrez ! fit-il à la fin, de mauvaise grâce.

Après tout, ils lui avaient réparé sa voiture, apparemment, et ils l'avaient attendu sur le palier pour lui rendre son trousseau de clés sans lequel il ne serait pas rentré chez lui : on ne pouvait pas leur souffler dessus comme sur une bougie, pour s'en débarrasser.

Il poussa la porte, et s'effaça pour laisser passer les jeunes gens. Le garçon trouva l'interrupteur sans hésiter, preuve que les deux lascars ne s'étaient pas privés de visiter l'appartement.

— Faites comme chez vous ! grommela l'inspecteur.

Mais ils étaient déjà passés dans le salon, et venaient de s'installer sur le canapé, face à l'aquarium. Lester posa le chop-suey sur la table basse, et s'assit sur une chaise.

— C'est quoi, ça ?

L'index de la fille montrait l'aquarium.

— Le poisson ?

— Oui ! ça s'appelle comment ?

— « Cromileptes altivelis. »

— Ah, bon. C'est du latin, constata le grand garçon, qui attendait plus de simplicité chez une bête à nageoires.

— Et ça mange quoi ? demanda la fille.

— Oui ! ça mange quoi ? renchérit de bon cœur le garçon.

Ils avaient faim tous les deux, et le chop-suey, sur la table basse, sentait bon. Lester, bon bougre, finit par comprendre l'allusion.

— Vous pourriez descendre dans la boutique vietnamienne, juste en bas de l'immeuble, dit-il à la jeune fille. Si c'est fermé, vous frappez à la porte, et vous vous faites servir deux chop-suey sur mon compte.

La gamine était déjà dans l'entrée.

— Mon nom, c'est Lester : Robert Lester ! cria-t-il au moment où la fille claquait la porte derrière elle.

— Lester ? répéta son compagnon. Comme le célèbre policier ?

Il considéra tour à tour, d'un regard incrédule, le visage et les chaussures jaunes de l'inspecteur. Puis son regard se fixa sur la poitrine du même personnage, là où devait censément se trouver le flingue. Mais rien ! pas la moindre petite boursouflure.

Lester éclata de rire.

— C'est mon 357 Magnum, que tu cherches ?

— Ben... oui !

— Je ne le porte jamais sur moi. D'ailleurs il est dans le même état que ma bagnole.

— Je pourrais peut-être vous le réparer.

— Pour quoi faire ? pour que je me coince encore le doigt dans la gâchette ?

Il montra son index, dont la dernière phalange était entaillée d'une profonde cicatrice.

— C'est en tirant que vous vous êtes fait ça ? demanda le garçon, l'air complètement désabusé.

— Je ne sais plus : en tirant ou alors en fermant la porte du frigo.

— Vous êtes vraiment si maladroit ? fit le garçon dans un souffle.

— Dans un western, l'ami, je ne vais pas au-delà de la troisième scène. Mais dans un roman policier, je me défends assez bien.

— Mais les assassins... avec quoi vous les arrêtez ?

— Avec de la logique, mon cher ! rien qu'avec un peu de logique !

Cinq minutes plus tard la jeune fille était de retour, et dans le moment qui suivit les trois portions de chop-suey furent liquidées avec une voracité dont le petit requin lui-même, dans son aquarium, dut rester ébahi.

Lester avait ouvert une bouteille de bordeaux, qui fut elle aussi vidée en un clin d'œil, de sorte qu'on en vint bientôt à parler de soi, de la vie, et de toutes sortes de choses passionnantes : Laurent, le garçon, exposa pour quelles raisons il ne voulait accepter aucun travail ni domicile fixes, estimant que la vie est trop courte pour qu'on la gâche à payer la taxe d'habitation devant un téléviseur. La fille, qui s'appelait Catherine, était coiffeuse, mais elle n'avait exercé son art que pendant quinze jours, ayant rencontré Laurent le mardi matin de la troisième semaine : des projets d'avenir radieux et libre s'étaient échafaudés entre les deux jeunes gens tandis que les cheveux de Laurent tombaient par touffes sur le peignoir blanc, de sorte que le grand jeune homme sortit ce matin-là du salon de coiffure au bras de Catherine, amoureux et quasiment chauve comme un Pierrot.

Lester, qui n'était pas souvent en veine de confidences, expliqua dans une bouffée de sympathie pour les deux tourtereaux par quelle suite de circonstances lui-même vivait seul, à quarante ans passés... Il avait été amoureux, pourtant. Il avait même pensé faire sa vie avec une blonde qui n'avait rien contre les flics : ils avaient passé plus d'une année ensemble. Elle était superbe, un corps fait au moule, un visage d'ange. Il ne se lassait pas de la regarder. Elle non plus, d'ailleurs, ne se lassait pas de s'admirer dans les miroirs de l'appartement et même dans la vitre de l'aquarium, si bien qu'elle ne voyait ordinairement rien d'autre. A la longue, Lester s'en inquiéta quelque peu, et voulut savoir si elle était capable de s'intéresser à quelqu'un d'autre qu'elle-même.

— Comment vous y êtes-vous pris ? demanda Catherine.

— Très simple : j'ai acheté un faux nez, je l'ai porté pendant une semaine, et elle n'a rien remarqué. Alors j'ai pris ma décision, et depuis je vis seul.

Le téléphone sonna au moment où on allait peut-être s'attendrir sur les héros de cette édifiante anecdote. C'était le commissaire Fournel, qui demanda de but en blanc :

— Vous avez entendu les informations ?

— Non !

— On vient d'annoncer l'assassinat de Magne.

— Je croyais que l'affaire devait rester secrète pour le moment !

— Ce moment-là est déjà passé, apparemment. D'autant plus qu'on a identifié les assassins : un nouveau groupe d'intégristes libyens.

— S'ils n'existaient pas, il faudrait les inventer, ricana Lester.

— C'est bien ce que je pense.

— Qu'est-ce qu'on fait ?

— Officiellement, plus rien. L'enquête est close.

— Mais officieusement ?

— Officieusement le médecin légiste, Buisson, vient de me téléphoner ses premières constatations : la jeune femme est morte plusieurs heures avant Marcel Magne, comme vous le supposiez. Elle souffrait d'une tumeur probablement maligne du cerveau.

Lester demeura silencieux, pendant une seconde :

— Elle serait donc morte... de mort naturelle ?

Le commissaire Fournel, à l'autre bout du fil, parut hésiter à son tour :

— Le décès s'est produit au cours d'une anesthésie.

— Vous voulez dire qu'on l'opérait ?

— L'intervention n'avait pas commencé, et d'après le Dr Buisson, l'état de la malade la rendait parfaitement inutile, voire dangereuse. Aucun chirurgien, normalement, n'aurait dû l'entreprendre. Quoi qu'il en soit, nous allons interroger les hôpitaux et les cliniques, entre Paris et la Côte d'Azur. Nous devrions être fixés demain matin.

Lester réfléchit un instant, puis :

— Marcel Magne aurait fait tenter sur son amie une opération de la dernière chance. Mais la malade succombe dès le début de l'anesthésie. Alors notre homme, dans un mouvement de désespoir, emporte le corps de la jeune femme... le scénario est acceptable, mais n'a aucun rapport avec l'affaire qui nous intéresse : il s'agit probablement d'une coïncidence.

— Une simple et macabre coïncidence, commenta Fournel, avant d'ajouter : le corps porte en outre un certain nombre de cicatrices anciennes, dont les localisations évoquent des interventions de chirurgie esthétique plutôt que des actes thérapeutiques. Et plus récemment, une semaine sans doute avant sa mort, Pearl Inshar s'est fait extraire deux molaires. La gencive n'est pas tout à fait cicatrisée.

— C'est la fiancée de Frankenstein, ricana l'inspecteur, plutôt mal à l'aise.

— Vous ne trouvez pas curieux qu'une femme pour ainsi dire mourante se fasse faire des soins dentaires ?

— Je m'en souviens d'une, ricana de nouveau Lester, qui n'aurait pas accepté de comparaître devant son Créateur sans être passée d'abord chez le coiffeur. Ce qui me semble curieux, par contre, c'est qu'une femme disparue depuis trois ans, et désormais sans identité, puisse se baguenauder entre les hôpitaux et les cabinets dentaires avec un dossier médical gros comme l'annuaire du téléphone, sans attirer l'attention de quiconque.

— La police est mal faite, Dieu merci !

— Pas si mal, puisqu'on a démasqué les meurtriers de Marcel Magne !

— C'est bien ce que je voulais dire.

Les deux hommes restèrent un moment silencieux, ruminant chacun son amertume. Le commissaire Fournel reprit la parole le premier :

— L'enquête sur l'assassinat de Magne est close : admettons ! Mais on ne m'a pas interdit de rouvrir le dossier de Pearl Inshar. Ou on n'a pas encore pensé à le faire. Alors, Lester, cherchons la femme, comme on dit !

— Cherchons la femme ! dans les hôpitaux et morceau par morceau, si c'est nécessaire !

Lester raccrocha sous les regards ébahis de Laurent et de Catherine : le policier ne cachait pas de revolver sous sa veste, mais il avait des cadavres plein les poches, ce qui n'était pas mal non plus.

CHAPITRE V

Voilà deux fois qu'il faisait réchauffer son café, avant d'oublier de le boire ! La veille, dans l'avion, de Chalendray lui avait confié quelques feuillets du dossier Magne. Il y avait aussi le trousseau de clés trouvé sur le cadavre, et la facture de la station-service où la voiture de Marcel Magne avait subi une révision l'avant-veille. Lester avait étalé tout cela sur la table basse du salon, devant lui, et réfléchissait : il aurait préféré une commission rogatoire et un mandat de perquisition en bonne et due forme.

L'enquête était close : on avait désigné les assassins, en haut lieu, un peu comme on décerne une légion d'honneur : peut-être pas pour services rendus, mais à tout le moins pour raison d'État, ce qui après tout n'est pas très différent. Quant au petit inspecteur Lester, s'il voulait vraiment satisfaire son goût pour la vérité, il ne lui restait qu'à faire le détective, à ses risques et périls.

Il porta le bol de café à ses lèvres, machinalement, et il avala d'un trait le concentré d'amertume qui avait bouilli partie dans la casserole et partie sous son crâne.

Il n'était que sept heures, et il n'avait pas beaucoup dormi. Vous vous croyez du talent, vous pensez avoir été choisi par le destin parmi les milliers d'autres pour accomplir, justement, ce que nul autre ne saurait accomplir, et voilà qu'on vous rappelle d'un coup de sifflet, et qu'on vous fait savoir que vous n'êtes en réalité qu'un tout petit bonhomme !

Lester quitta le canapé, et alla s'accroupir devant la vitre de l'aquarium :

— Trop gros pour nous, ce Marcel Magne, même à l'état de cadavre, murmura-t-il dans une sorte de sourire. Tu ne pourrais pas le croquer !

Le poisson ouvrit pourtant une gueule assez grande pour s'avaler lui-même, et fila derrière les rochers afin de s'assurer à nouveau qu'il n'avait pas oublié de manger l'un de ses congénères, bien qu'il n'en rencontrât plus depuis trois ans.

Le policier se releva, et alla ouvrir les volets du salon : le jour était levé depuis un bon moment, le soleil était même revenu, et il n'y avait rien à faire contre cela non plus. Un tout petit bonhomme d'inspecteur de police allait sortir de chez lui, et trimer à faire avancer une enquête dont les résultats figuraient déjà dans les journaux du matin. Bon ! Il pourrait toujours commencer par se promener du côté des Établissements Magne, à Saint-Cloud, et aller ensuite présenter ses condoléances à la veuve du grand homme, avenue Foch. On n'irait pas le fusiller pour ça. Et puis Fournel couvrirait son collaborateur à chaussures jaunes, une fois de plus. Il avait été inspecteur, lui aussi. Et pas des plus mauvais : il connaissait la vie pas drôle des charbonniers à qui l'on ne pardonne pas vraiment d'avoir la figure sale.

Lester ramassa les papiers épars sur la table basse, mit le trousseau de clés dans sa poche, et enfila son imperméable, sans réfléchir qu'il n'allait certainement pas pleuvoir de la journée. Mais il était ainsi, s'habillant régulièrement avec un mois de retard sur la saison : il lui fallait bien ce temps pour s'apercevoir qu'il pleuvait, ou que le soleil était revenu.

Il chercha sa voiture pendant un bon quart d'heure, ayant omis la veille de demander à Laurent où il l'avait garée. Il la trouva devant le poste de police du quartier, ce qui n'était pas illogique mais lui valut un commentaire peu confraternel du planton de service, puis d'un inspecteur local venu en renfort pour exposer qu'aucune circulaire, à ce jour, ne prescrivait qu'un commissariat de quartier, même modeste, dût servir de garage à ces messieurs de la P. J.

La bagnole, nonobstant, partit au quart de tour en se donnant des faux airs de montre suisse, preuve que Laurent ne s'était pas contenté d'y bouturer un embrayage de fortune gratté dans un champ de grande banlieue, mais qu'il avait dû acheter un certain nombre de pièces à Tony le Gitan, à moins qu'il ne les eût prélevées là où elles poussent naturellement et en abondance, c'est-à-dire sur les voitures en stationnement. En tout cas Laurent n'avait pas présenté de facture, et Lester éprouvait une vraie sympathie pour ce brave gamin et sa compagne, qui n'avaient pas voulu quitter le petit bonhomme d'inspecteur de police avant le milieu de la nuit, écoutant le récit de ses précédentes aventures avec des yeux d'enfants qui auraient rencontré le vrai Père Noël en plein été dans l'escalier de leur immeuble.

Les bureaux et les laboratoires de l'*Électronique Marcel Magne* formaient un vaste bâtiment en hémicycle, dominant la Seine à mi-hauteur de la colline de Saint-Cloud. C'était blanc comme le casier judiciaire d'un ministre. Mais Marcel Magne, précisément, avait été plus que ministre, sans portefeuille mais non sans chéquier, sous chaque gouvernement, sans exception, de cette République.

Sur le dossier fourni par de Chalendray figurait le nom d'un certain général Blanchard, qui avait gagné ses étoiles en touchant un peu à nos potes d'Algérie, et qui s'était acheté par la suite une paire de pantoufles chez Marcel Magne, dont il était devenu le principal collaborateur.

Lester gara sagement sa voiture sur l'aire de stationnement « autorisé au public ». Il n'était pas en position de faire le mariole avec sirène et gyrophare. Un gardien à casquette, baudrier et gros revolver, un vrai shérif de western, fondit pourtant sur lui pour lui intimer l'ordre de pousser de là sa caisse minable, vu qu'on attendait tout plein de belles bagnoles de condoléances, bourrées de gros personnages venant dûment solenniser la mort du patron.

Les panneaux de verre de la double porte vitrée s'écartèrent dans un soupir au passage du policier, comme s'ils l'avaient attendu depuis des heures pour prendre leur pied. L'immense hall de réception évoquait des départs en première classe pour Los Angeles ou Tokyo. Une douzaine de types à casquette et revolver flânaient ostensiblement du côté des ascenseurs ou des escaliers. Au centre du hall, derrière un comptoir où l'on aurait pu débiter de la chaussée d'autoroute au rouleau de cent kilomètres, la troupe des hôtesses en tailleur bleu azur et mignon galurin à pompon assorti était assez nombreuse pour monter un numéro de french-cancan.

Lester en choisit une au hasard, et ouvrit son imperméable pour lui faire admirer sa carte de police. (Il avait fini par la coudre après la doublure de sa veste, à force de se faire piquer son portefeuille.)

— J'aimerais parler quelques instants avec le général Blanchard, susurra-t-il à la jeune femme.

L'un des tueurs à casquette, à vingt pas de là, posa un œil soupçonneux sur le type qui ouvrait son imperméable. Comme la fille ne criait pas, il se remit à surveiller les manigances d'un couple de pigeons, derrière la grande verrière.

Lester espérait un peu que sa carte de police, compte tenu des circonstances, lui vaudrait d'être reçu sans rendez-vous par le général : en fait, l'événement dépassa son attente et la jeune femme en bleu, ayant consulté brièvement sa voisine, qui n'avait pas moins de trois pompons à son bibi et semblait diriger de ce fait la troupe des chorus-girls, décrocha un téléphone et pianota un numéro :

— Le monsieur de la police est arrivé, dit-elle comme si ç'avait été la saison, tout simplement, où les képis sont mûrs.

Elle raccrocha, parut manipuler quelque chose derrière le comptoir, et tendit à Lester un macaron de matière plastique blanche au centre duquel il reconnut avec ébahissement la photo de son propre visage.

— On vient vous chercher tout de suite, monsieur, dit la fille, d'une voix également de matière plastique blanche.

Lester l'entendit à peine, cherchant tout autour de lui, au-dessus de l'hôtesse, et finalement sous le comptoir, l'objectif de l'appareil qui venait de le photographier en douce, et probablement de le mettre en mémoire dans l'un des ordinateurs des Établissements Marcel Magne.

Il ne le trouva pas.

Le général Blanchard avait la taille et l'allure d'un éléphant de mer, et arborait une calvitie martiale qu'il devait faire astiquer chaque matin par son ordonnance. Son bureau, à l'échelle du personnage et de ses importantes fonctions, avait les dimensions, environ, d'un hangar à dirigeable.

Les appariteurs, ici, étaient équipés de flingues et de talkies-walkies. On était presque sûr de gagner la prochaine guerre.

Lester parcourut d'un bon pas et sans s'arrêter la distance entre la porte et le fauteuil, là-bas, d'où le général l'invitait d'un signe de tête à le rejoindre : « J'aurais dû prendre des provisions pour le retour », songea le policier en s'asseyant.

— Je vous attendais, commissaire, fit le gros homme en se penchant par-dessus ses téléphones, interphones et autres dictaphones pour tendre une main cordiale et moite.

Lester se demanda une seconde si son admission dans le splendide et colossal bureau n'avait pas provoqué par soi-même, merveilleusement, sa promotion au grade de commissaire. Puis il revint à des idées plus raisonnables, et rectifia :

— Inspecteur, mon général. Inspecteur divisionnaire Robert Lester.

Le gros homme le regarda comme s'il avait trouvé du foie de veau dans son assiette, au lieu des œufs en neige qu'il avait commandés :

— Vous venez de la part du commissaire Delaroche, je suppose.

Il ne le supposait pas seulement : cela sonnait comme un ordre dans la cour de la caserne. Lester se tassa un peu dans son fauteuil, qui était précisément fait pour que les gens sombrassent au fur et à mesure de la conversation.

— Pardon ?

— « Delaroche », répéta le général d'une voix maintenant doucereuse, comme s'il avait voulu donner à son prisonnier une dernière chance de répondre correctement et de sauver sa vie.

— Je ne connais pas ce commissaire, fit simplement Lester.

Était-ce à cause du décor prétentieux et quelque peu écrasant, ou de l'allure vraiment trop impérieuse de son interlocuteur ? il ne voulait pas se donner la peine de mentir ! L'autre, déjà, se levait, la figure mauvaise :

— Alors, qu'est-ce que vous fichez dans mon bureau ?

De sa voiture, l'inspecteur appela le quai des Orfèvres avant de quitter Saint-Cloud, et demanda le commissaire Fournel.

— Où êtes-vous ? demanda celui-ci.

— Je viens de voir un certain général Blanchard, dans son bureau de chez Magne.

— Et vous vous êtes fait jeter !

— Oui... il y a maintenant un dénommé Delaroche sur l'affaire.

— Je sais. Il est aux ordres.

— De qui ?

— De ceux qui donnent les ordres, voilà tout ! C'est comme la grippe, ça : vous l'attrapez, mais vous ne savez pas au juste qui vous l'a refilée.

Lester observa un instant de silence, son micro à la main. Puis il demanda d'une voix lasse :

— Vous préférez que j'arrête les frais ?

Il eut le temps de tourner la clé de contact et d'enclencher la première vitesse. Enfin le commissaire répondit :

— Soyez prudent, Lester. Vous n'avez plus l'âge de changer de métier.

— J'ai toujours rêvé d'être danseur mondain sur un paquebot transatlantique.

— Il n'y a plus de transatlantique et vous avez des cors aux pieds.

On aurait dit le tournage d'un film : deux camions de la télévision stationnaient sur le trottoir de la contre-allée, devant le 1..., avenue Foch, tandis que plusieurs cars de C.R.S. fournissaient de la figuration en abondance.

Les journalistes avaient été admis dans le hall de l'immeuble, mais l'accès de l'escalier et de l'ascenseur leur était interdit. Lester réussit à se faufiler à coups de coudes jusqu'au barrage de policiers en uniforme, et passa grâce à sa carte d'inspecteur : tout en montant l'escalier, le tout petit bonhomme de flic songea qu'il était encore de la boutique, et ça lui fit plaisir. Mais là-haut, il allait tomber sur les hommes du commissaire Delaroche : il aurait intérêt à se faire discret.

Deux plantons gardaient la porte entrouverte de l'appartement de Marcel Magne, au troisième étage. Lester se rappela sa rencontre de la veille avec le grossiste en conflits, premier fournisseur du continent africain en maréchaux-présidents, et principal actionnaire de trois ou quatre républiques : il lui avait semblé, à voir ce personnage étendu sur sa table de cuisine comme un sanglier à l'étalage, que l'état de cadavre troué de balles convenait parfaitement à sa nature.

Et le petit bonhomme de flic s'était pris soudain d'une vraie curiosité pour ce cadavre, et pour tout ce qui se laissait entrevoir sous le masque faussement paisible du gisant.

L'un des plantons poussa le battant de la porte pour Lester, sans autre formalité : un flic est partout chez lui, n'est-ce pas ? Le décorum policier, les papiers à montrer, les grandes pompes de la sécurité, c'était seulement pour le hall de l'immeuble et pour les journalistes.

Un gardien de la paix en uniforme faisait les cent pas dans le grand vestibule en rotonde, dont les trois doubles portes étaient fermées.

— Je cherche le commissaire Delaroche, fit bravement Lester.

Il se trouvait un peu dans la position d'un automobiliste grillant un feu rouge et s'arrêtant au milieu du carrefour pour demander son chemin à l'agent qui règle la circulation.

— La porte du milieu, fit obligeamment le gardien de la paix.

Et Lester se faufila sans bruit dans ce qui serait peut-être bien la plus grosse gaffe de sa carrière.

Une demi-douzaine de personnes étaient réunies à l'autre bout de l'immense salon éclairé par quatre portes-fenêtres, et parlaient à voix basse : une femme d'une cinquantaine d'années, vêtue de noir, était assise légèrement de biais sur un long canapé, et figurait avec une remarquable conviction la douleur en Majesté. Elle était d'une maigreur extraordinaire, et se tenait absolument immobile, le buste raide et les mains jointes sur les genoux. Un petit homme tout rond et chauve était assis à l'autre bout du canapé, à distance respectueuse de la dame. Il portait des bottines pointues sous un strict costume gris, et dissimulait un air passablement voyou sous de grosses lunettes d'écaille. Il aurait pu être croupier ou bookmaker. Il était plus vraisemblablement avocat, et semblait avoir pour office de répondre aux questions des trois hommes qui avaient pris place dans des fauteuils, face au canapé. Ceux-ci se tenaient à distance respectueuse, également, de la dame, si bien qu'il leur fallait se pencher en avant pour entendre le type aux bottines.

Lester referma doucement la porte derrière lui. Personne ne parut s'aviser de sa présence. La dame, toujours raide sur son bout de canapé, continuait de fixer quelque chose d'infiniment ennuyeux par l'une des fenêtres.

Après une minute ou deux, Lester se dit que son but venait d'être atteint, s'il n'avait été que d'entrer dans l'appartement de Marcel Magne sans se faire remarquer, et que cela ne l'avançait pas à grand-chose : il n'avait aucune chance, en fait, d'approcher la veuve de l'industriel. Il y avait Delaroche et ses adjoints, là-bas, face au canapé. Et puis il y avait le petit bonhomme aux bottines pour faire connaître aux foules la bien officielle douleur de la pauvre femme.

Depuis la veille au soir Lester enrageait, et sa rage l'empêchait de réfléchir. Il lui restait tout juste le temps de faire des pointes jusqu'à la porte de sortie, avant le coup de pied au postérieur qui l'expédierait dans le commissariat le plus minable de la plus minable des provinces.

Au lieu de cela il avança d'un pas, puis d'un autre, et se mit à marcher droit devant lui, à la manière, plus ou moins, d'un somnambule. Autant poser les doigts sur la douille d'une lampe pour s'assurer que le courant passe ! Lester n'était pas un homme raisonnable.

Du côté du canapé, la conversation s'interrompit une seconde. On regarda l'homme qui passait. Les policiers durent penser que c'était un familier de la maison, et la dame supposa sans doute que c'était un policier : Lester finit de traverser le salon, et sortit par une petite porte dissimulée dans les lambris, près de la cheminée.

Il se retrouva dans une pièce plus petite, aménagée en bibliothèque. Les reliures des livres témoignaient du goût très sûr du décorateur. Un large et pompeux bureau d'acajou occupait l'un des angles de la pièce. Entre les deux fenêtres, un canapé de cuir et une table basse au plateau décoré d'incrustations de marbre faisaient face à un gros téléviseur. Quelqu'un était assis sur le canapé, et jouait une partie d'échecs selon toute apparence contre le téléviseur, dont l'écran donnait à voir les positions respectives des diverses pièces sur l'échiquier. Lester s'approcha du joueur, un garçon d'une vingtaine d'années au visage maigre et pointu, au regard fiévreux à demi masqué par une mèche de cheveux noirs et raides, sans que celui-ci eût paru s'aviser de sa présence.

Le policier se planta devant le téléviseur, affectant de s'intéresser à la partie qui se déroulait sur l'écran. Le garçon prit la télécommande de l'appareil sur la table basse, et fit disparaître l'image. Puis il leva les yeux vers Lester l'interrogeant vaguement du regard, mais sans rien dire. Le policier s'assit à l'autre bout du canapé. Ils restèrent ainsi pendant quelques secondes, chacun paraissant poursuivre sa propre rêverie comme s'il s'était trouvé seul dans la pièce, puis le jeune homme prit à nouveau la télécommande, et remit en marche le téléviseur : Robert Lester vit alors son cadavre de la veille reprendre vie pour venir serrer chaleureusement la main d'un militaire africain en grand uniforme et couvert de médailles et de décorations jusqu'à la casquette : « Marcel Magne s'était toujours tenu à l'écart de la vie politique, ce qui ne l'empêchait pas d'entretenir de solides amitiés dans les principaux partis de notre pays. Sa connaissance approfondie de l'Afrique et des problèmes du développement faisait de lui un conseiller officieux, voire occulte, mais très écouté... »

Le garçon orienta la télécommande vers le téléviseur, et d'autres images apparurent, montrant le magnat de la bombe dans la cour de l'hôtel des Invalides, en train de recevoir l'accolade d'un officier français de très haut grade et presque aussi chamarré que son confrère africain : « Marcel Magne avait été récemment élevé au grade de grand officier de la Légion d'honneur, il était en outre chevalier de l'ordre du Mérite national... »

Le jeune homme éteignit le téléviseur au milieu de la phrase et poussa la télécommande sur la table basse, la faisant glisser sur le marbre comme s'il avait voulu la mettre hors de portée de sa main.

— Quelle farce ! murmura-t-il pour lui-même sans regarder Lester.

— Oui ! quelle farce !

Le garçon tourna lentement les yeux vers le policier, et le dévisagea avec une espèce de curiosité distraite. Il devait en falloir beaucoup pour intéresser vraiment ce jeune homme. Il demanda pourtant, après un instant :

— Vous êtes policier ?

— On ne peut rien vous cacher.

Le garçon haussa les épaules, et se mit à surveiller l'un des dessins du marbre, sur la table basse, de crainte, peut-être, qu'il ne s'effaçât.

— Ça se voit à vos chaussures, fit-il.

— Je sais.

Quelques secondes passèrent encore. Le jeune homme croisa les jambes, les décroisa, puis les croisa de nouveau avec impatience, comme s'il s'était confronté à un problème insoluble en s'avisant de choisir une position pour ses jambes. Il préféra s'en désintéresser, et se mit à regarder de nouveau Lester toujours de ce bizarre regard d'intense indifférence. Il aurait observé l'accouplement de deux hannetons, probablement, avec la même attention totalement désabusée. Après un moment, il dit doucement :

— C'est à côté, la grande scène des regrets éternels !

— J'en viens. Ça ne m'intéresse pas.

Le jeune homme se redressa légèrement, et se tourna vers Lester, le fixant cette fois avec une réelle curiosité :

— Tiens ! vous ne faites pas partie du carnaval ?

— Et vous ?

Le garçon parut légèrement décontenancé, puis se reprit :

— Oui, j'en fais partie. Mais j'ai oublié d'apprendre mon rôle ce matin... comme tous les autres matins, d'ailleurs.

Lester eut un petit rire :

— Le rôle du fils indigne, ça ne s'apprend pas : ça s'improvise.

— C'est vrai, reconnut le garçon. Ça s'improvise... le plus dur, c'est de se renouveler. Une fois, je suis monté sur la table, pendant une de leurs grandes bouffes solennelles, et j'ai pissé dans les verres. Je n'ai jamais rien retrouvé d'aussi...

— Inspiré !

Le garçon leva sur Lester un regard de vraie sympathie : c'était Livingstone voyant s'amener Stanley, après vingt mois d'angoisse et de solitude.

— Ça ne vous amuse pas, reprit Lester, de fabriquer à votre tour de bonnes grosses bombes et de mignonnes petites fusées à tête fouineuse ?

— J'ai essayé d'arracher leurs ailes à des mouches, autrefois. J'ai vraiment essayé.

— Et vous n'y êtes pas arrivé ?

— Non !

— Tant pis ! Vous pourrez toujours claquer le fric de votre papa, maintenant.

— Même pas ! il y en a beaucoup trop ! une vie n'y suffirait pas... Je serai toujours écrasé par mon père.

Il avait l'air vraiment désespéré. Lester sortit de sa poche un trousseau de clés trouvé sur le cadavre de Magne, et le tendit au malheureux héritier. Celui-ci avait retrouvé son regard d'entomologiste, mais retourna le trousseau avec bonne volonté, deux ou trois fois, dans sa paume.

— Vous reconnaissez cela ? demanda Lester après quelques secondes.

Le garçon parut surpris par la question :

— Vous avez les clés, fit-il en souriant vaguement, mais il vous manque les portes. En général c'est le contraire.

Il posa le trousseau sur la table basse, puis écarta les clés les unes des autres, avec l'index :

— Ça, c'est la clé d'ici : il s'en servait quand il n'avait rien de mieux à faire... ça, c'est la clé de l'appartement de Genève, je crois.

Lester sentit son cœur bondir d'enthousiasme comme s'il avait trouvé chez lui la troupe au grand complet du Crazy Horse Saloon en train de l'attendre, chacune des filles tenant sagement son ticket numéroté à la main ! Genève : c'était probablement cela, les trois cents kilomètres de trop relevés sur le compteur de la voiture. Marcel Magne était passé par son appartement de Genève, avant de reprendre la route vers le rendez-vous fatal !

— Il allait souvent là-bas ? demanda le policier.

Le garçon se leva sans répondre, et alla ouvrir une petite porte dissimulée parmi les rayonnages par un décor de reliures factices. Il revint muni d'une pile de vidéo-cassettes, qu'il posa sur la table basse.

— Vous aimez Buster Keaton ?

Lester aurait préféré parler de Marcel Magne, sans doute.

— « Fiancées en folie », reprit le garnement, ça vous dirait ?

L'inspecteur fit un geste vague de la main, qui pouvait être d'indifférence, ou de lassitude, ou peut-être d'indulgence, il ne savait pas lui-même.

— On va plutôt se mettre « La Croisière du Navigator », fit le galopin après un instant d'hésitation.

Il introduisit la cassette dans le lecteur, et alluma le téléviseur. Lester laissa passer le générique et les deux ou trois premières scènes avant de revenir à l'examen du trousseau de clés.

Il dut tirer un peu le garçon par la manche, pour l'arracher à son espèce de béatitude, depuis une minute, face au petit bonhomme qui s'agitait sur l'écran.

— Celle-là, je ne l'ai jamais vue, murmura très vite le grand dadais d'héritier.

C'était la clé dépourvue de ciselure, qui avait suscité la veille la perplexité du policier. Celui-ci montra la dernière clé du trousseau, d'un modèle relativement courant.

— Je ne sais pas, enfin ! grommela le garçon. C'est sans doute la clé de son baisoir... vous préférez peut-être les Marx Brothers, ou Laurel et Hardy ? J'ai tout ça. On peut se les regarder ! ou alors on joue aux échecs, vous voulez ? Mais vous ne serez jamais aussi tordu que mon ordinateur.

L'inspecteur avait remis le trousseau de clés dans sa poche : l'autre, à côté de lui, n'avait pas la moindre intention de lui réclamer ce souvenir de son papa :

Lester aurait pu faire entrer des déménageurs et embarquer tout le mobilier de la pièce, le petit taré, devant sa télé, ne s'en serait même pas aperçu.

— Ce « baisoir », reprit le policier, vous savez où il se trouve ?

Il avait posé la question sur le ton de patience machinale d'un pédagogue spécialisé dans le traitement des enfants débiles : « Reprenons ! deux fois deux font quatre, trois fois deux font six... »

— Merde ! dit l'autre comme pour lui-même... ça va être long jusqu'à quatre-vingt-dix ans ! Ce que je vais me faire chier !

— Avec un peu de chance, on vous assassinera bien avant.

Le visage du fils de la bombe s'éclaira d'un faible sourire, veilleuse dans un couloir d'hôpital, dans le service des grands mélancoliques.

— C'est vrai, convint-il. On pourrait m'assassiner, ou bien m'enlever, et demander une énorme rançon.

Il allait devenir un vrai personnage, grâce à tout son fric. C'était nouveau et distrayant, cette idée. Lester songea que ce dingue était bien capable de payer lui-même les flingueurs, pour se faire descendre et prendre son pied une bonne fois pour toutes.

— C'est dur, hein, d'être un enfant de salaud, dit simplement le policier.

— Oui, c'est dur, répondit l'autre sans la moindre arrière-pensée.

Il aurait fallu lui verser une benne à ordures sur la figure, pour le vexer un peu. Ou peut-être s'en serait-il foutu comme du reste.

CHAPITRE VI

Lester avait donc la clé dans sa poche. Et comme le petit taré l'avait dit tout à l'heure, il ne lui manquait plus qu'une porte, et une serrure pour y introduire ladite clé.

L'inspecteur avait fini par faire sortir du puits d'indifférence de ce garçon quelque chose comme une adresse : on faisait semblant d'ignorer, au 1..., avenue Foch, que le président Marcel Magne s'envoyait en l'air deux ou trois fois par semaine, au dernier étage d'une tour qu'il possédait sur le front de Seine. C'était sa façon de jouer au Monopoly.

Lester entra dans le hall de la tour, au sol et aux murs dallés de basalte. Marcel Magne avait vu grand, moderne, géométrique : c'était accueillant comme l'intérieur d'un coffre-fort. Lester appela l'un des ascenseurs. Le signal tinta, indiquant l'arrivée de la cabine, mais ç'aurait aussi bien pu être le métro.

Il appuya sur le bouton du trentième étage. Son estomac s'allongea comme pour descendre dans ses cors aux pieds : Marcel Magne avait dû être un homme pressé ! Avec ces ascenseurs, il aurait même pu abattre des avions ennemis ! C'était une tournure d'esprit, chez lui.

Il y avait une demi-douzaine d'appartements au

trentième étage, ce qui donnait une bonne chance au policier de se faire poisser en train de titiller la serrure légitime d'un honnête contribuable, et de finir sa carrière à repeindre les feux rouges du boulevard de la Libération d'une quelconque sous-préfecture.

Mais les honnêtes contribuables étaient loin d'avoir fini leur journée de huit heures, en tout cas dans cet immeuble, et Lester s'introduisit sans encombre dans l'appartement secret de Marcel Magne.

Il avait essayé les cinq autres portes avant d'ouvrir la bonne. On entendait deux petits chiens japper et s'agiter derrière, et le policier n'imaginait pas de ces bestioles à cris pointus dans la garçonnière d'un Marcel Magne.

C'étaient deux minuscules yorkshires qui bondissaient comme des grenouilles qui se seraient laissé prendre pour des œufs au plat. Le charivari atteignit un paroxysme à l'entrée de l'inspecteur. Les deux roquets se convulsaient d'enthousiasme et se déplaçaient si vite qu'on n'aurait pu les arrêter qu'avec du fly-tox. Il n'était pas difficile de deviner qu'ils crevaient de faim et de soif. Le policier traversa une grande pièce éclairée sur deux côtés par des verrières, et trouva la cuisine. Il restait dans le frigo de quoi calmer les cabots. Ceux-ci se jetèrent dans leur pâtée, y grouillèrent pendant quelques secondes, et laissèrent une assiette neuve. Après quoi Lester put commencer ses investigations.

L'appartement comprenait un vaste séjour et une chambre. C'était moderne, confortable, sans fioriture, et chaleureux comme un voyage de noces sur le *Jean Mermoz*. S'il n'y avait eu les deux chiens affamés, on aurait pu croire les lieux inhabités depuis longtemps. Lester visita les penderies, la commode, la petite armoire de la salle de bains. Un peu de linge et quelques vêtements féminins s'y trouvaient encore. Des cintres jonchaient la moquette de la chambre. Les deux chiens sautèrent sur le lit, et se couchèrent sur une robe de chambre de soie blanche.

Lester fouilla en vain un petit bureau à cylindre, dans le salon. Pas le moindre papier. Ce meuble n'avait dû servir qu'à la décoration, ou bien on l'avait soigneusement vidé, comme on avait vidé les placards et les penderies, de façon hâtive, en jetant les cintres par terre, en abandonnant quelques vêtements, en omettant de dégarnir le réfrigérateur, mais en emportant certainement tout ce qui pouvait donner une indication sur l'identité des occupants.

Lester s'assit sur le lit, perplexe et fatigué. L'un des clébards vint en rampant fourrer son museau dans la paume du policier, qui retira sa main au contact de la truffe humide et froide. Le cabot tourna trois ou quatre fois sur lui-même, et se coucha en rond. L'autre yorkshire vint prendre possession à son tour de Lester :

— Ils ont eu ce qu'ils méritaient, vos salauds de maîtres !

Cet appartement sentait le départ précipité, définitif. On y avait abandonné les chiens, délibérément, pour ne pas s'encombrer. Lester se demanda ce qu'il allait faire des deux petites bêtes : on n'a jamais vu un inspecteur de la police judiciaire aller au boulot suivi de deux microscopiques yorkshires. Il les donnerait à Mme Tine. Elle nourrissait un peu tous les animaux du quartier, pas seulement ceux qui étaient flics et célibataires.

On sonna à la porte.

Les deux chiens avaient sauté du lit et couru vers la porte en poussant de petits cris stridents. Lester alla ouvrir.

Une grosse femme au visage rose se tenait sur le paillasson. Elle portait un tablier à fleurs sur une robe rayée bleu et vert, à manches courtes, découvrant des bras tout blancs et gras, où les coudes faisaient des fossettes. Ses cheveux étaient serrés sous un fichu mauve. Cela tenait du feu d'artifice et du délirium tremens, mais elle traînait un aspirateur qui se contentait d'être noir. Elle regarda le policier en arrondissant les yeux et la bouche de confusion, comme si elle avait surpris ce monsieur sous la douche.

— Entrez ! fit Lester.

— « Entrez ! » jappèrent à qui mieux mieux les deux cabots.

Elle entra donc, et parla tout naturellement de l'aspirateur qu'on avait enfin réparé, et qui était maintenant comme neuf.

— Posez-le dans la cuisine, fit le policier.

La grosse femme lui jeta un regard soupçonneux, puis elle entra dans le salon, suivie d'un sillage bouillonnant de yorkshires hystériques. Voyant les portes des placards ouvertes et les cintres jonchant la moquette, elle s'arrêta au milieu de la pièce, et laissa tomber l'aspirateur sur les cabots qui déguerpirent en couinant.

— Madame est partie ?

— Je crois qu'elle ne reviendra pas.

La bonne femme fit lentement le tour de la pièce, les poings sur les hanches, l'air de méditer sur sa jeunesse enfuie. Puis, machinalement, elle se mit à ramasser les cintres.

— Vous faites le ménage ici depuis longtemps ?

— Depuis un an. Je viens une fois par semaine. J'ai dit à madame que ce n'était pas assez. Il y a de la poussière partout. Mais elle s'en fiche. Ces gens-là, ça vit toujours un peu dans la crasse.

— Ces gens-là ?

— Ben... les Nègres.

Elle interrompit sa collecte de cintres, et regarda Lester par en dessous : bon ! elle n'avait pas gaffé. Il avait un drôle d'air, mais ce n'était pas un Nègre.

Il s'approcha d'elle, et lui montra une photo de Pearl Inshar, qu'il avait gardée dans sa poche avec les adresses et les renseignements fournis la veille par de Chalendray.

— Est-ce que c'est elle, votre patronne ?

La jeune femme prit le cliché, et l'examina en penchant la tête à droite, puis à gauche, pour bien le voir sous tous les angles. Elle regarda même le dos de la photo, mais n'y trouva rien d'intéressant.

— Ça lui ressemble, dit-elle. Puis elle ajouta comme en se ravisant : mais tous les Nègres se ressemblent.

— Évidemment la photo est sombre, fit le policier en haussant les épaules.

La femme de ménage avait fini de ranger les cintres et venait de brancher l'aspirateur, qui fonctionnait peut-être admirablement, mais faisait un vacarme d'apocalypse.

— Vous feriez mieux d'arrêter, cria Lester. Vos heures risquent de ne pas être payées.

La grosse femme débrancha l'aspirateur, et s'affala sur une chaise, fixant la moquette, devant elle, l'air de ne plus savoir quoi faire de soi. Elle n'était pas du genre à rester les bras croisés tant qu'il resterait de la poussière sur le pauvre monde.

Les petits chiens se mirent à fourmiller autour de ses pieds. Elle n'y fit pas attention. Visiblement, ça l'embêtait de ne pas pouvoir faire le ménage. Si elle avait été seule, elle s'y serait sûrement remise. Elle demeura quelques secondes dans cette espèce de mélancolie, puis elle leva les yeux vers Lester et lui demanda à l'improviste :

— Vous êtes l'ami de Madame ?

— Non ! je suis policier.

La grosse femme redressa soudain le buste et son œil s'alluma : le monsieur aux chaussures jaunes était policier, la négresse était partie, et les cintres étaient par terre ! Il y avait une histoire pas propre, là-dessous !

Elle aimait par-dessus tout nettoyer : elle ne s'occupait pas seulement de la poussière des autres, elle adorait aussi mettre le nez dans leur linge crade.

Lester avait noté que la femme de ménage ne connaissait apparemment pas « l'ami de madame ».

— Comment était votre patronne ? Vous parliez avec elle ?

— Pas beaucoup. Elle était plutôt bizarre.

Elle devait devenir chaque seconde plus bizarre dans la tête de la brave femme, qui ajouta :

— Elle ne sortait jamais. Ça, je le sais, car elle n'avait pour ainsi dire que des chemises de nuit. Des centaines de chemises de nuit ! Des trucs complètement loufs, des machins faits simplement pour qu'on voie à travers !

Elle eut un geste des deux mains, le long de son propre corps, qui devait censément évoquer les déshabillés orgiaques de la patronne. Elle réussit à être aussi suggestive que son aspirateur.

— Dites ! vous êtes sûr qu'elle ne reviendra pas ? reprit-elle en caressant d'un regard déjà nostalgique les meubles du salon.

— Sûr et certain !

— Il lui est arrivé... quelque chose ?

— Quelque chose, oui. Elle est morte.

— Ah !

Lester apprécia la sobriété du commentaire. Il s'attendait à pire. Mais le pire était immanquable, et ne tarda pas plus d'une seconde à venir :

— On l'a assassinée ! Oh, la, la !

— Oh la, la ! comme vous dites.

— Qu'est-ce qu'on va faire des petits chiens ? On ne peut pas les laisser !

— Vous les voulez ?

— Ça, non ! pour qu'ils pissent partout chez moi !

— Ça doit être très propre chez vous, fit Lester avec humeur. Pas comme chez les Nègres.

Il traversa lentement la pièce, et s'arrêta sur le seuil de la chambre, jetant un coup d'œil circulaire à l'intérieur : l'appartement où Pearl Inshar avait peut-être vécu depuis sa disparition possédait à peu près autant de charme et de personnalité qu'une exposition de matériel informatique. On n'avait pas eu grand effort à faire pour y effacer les traces de la locataire.

Il retourna vers le milieu du salon, et se laissa tomber sur le canapé, face à la bonne femme qui l'avait suivi du regard, toujours affalée sur sa chaise, l'air toujours désabusé, son aspirateur inutile à côté d'elle. On sentait que l'assassinat de sa patronne, au fond, n'était pas un bien grand événement à ses yeux : comme si cette Négresse qui vivait en chemise de nuit et qu'on ne voyait pour ainsi dire qu'entre deux sommeils avait été destinée par nature à disparaître complètement un jour ou l'autre : ce n'était pas une femme comme il faut, la patronne. Elle se faisait entretenir, évidemment. Et le type devait être un drôle de zigomar, pour aimer les Négresses en transparence sous du voile rose. Ça finit toujours mal, ces histoires-là ! Autrement il n'y aurait pas de justice pour les autres, pour les femmes qui passent l'aspirateur et la brosse de chiendent sur la crasse du genre humain !

— Parlait-elle quelquefois d'elle, ou de son ami ? demanda Lester.

— Oh, non ! « bonjour », « au revoir », c'est tout ce qu'elle savait dire. Elle passait son temps devant la télé... au début, je venais le mercredi : je la trouvais vissée devant les dessins animés et toutes ces niaiseries.

— Vous-même, vous ne regardez pas la télé ?

— Si ! mais pas les programmes pour les enfants ! fit la grosse femme avec orgueil.

Elle se redressa sur sa chaise, toute prête à parler d'elle et à montrer quelle passionnante personne elle était : il fallait enquêter sur elle, pas sur la gourde qui lui faisait faire le ménage !

Lester se redressa aussi, tendant l'oreille : mais c'était pour écouter le cliquetis qui se faisait entendre depuis quelques secondes dans la serrure de la porte d'entrée : quelqu'un essayait de l'ouvrir, mais ne possédait apparemment pas la bonne clé.

Le policier se leva, marcha sans faire de bruit jusqu'au vestibule, posa doucement la main sur la poignée de la porte, et s'immobilisa, retenant son souffle. La femme de ménage avait pivoté sur sa chaise, et fixait l'inspecteur. Elle aussi retenait son souffle, ce qui devait représenter une manière d'exploit chez une personne de cette corpulence. Mais ce n'est pas tous les jours l'aventure, quand on affronte la vie avec un aspirateur.

D'un coup, Lester ouvrit le battant de la porte, plongea vers le palier, et ramena au bout de sa ligne un homme en bleu de travail, qui gesticulait comme si on avait vraiment essayé de lui voler sa salopette. Il aurait pu s'épargner cet effort, car Lester le lâcha presque aussitôt, le poussant violemment vers l'intérieur du vestibule. L'instant d'après, le policier s'élançait à nouveau vers la demi-obscurité du palier, et ramenait un autre personnage, tout aussi frétillant que le premier mais bien plus petit, pour ainsi dire minuscule, vêtu d'un costume croisé des plus proprets, sur lequel les brutales mains policières allaient certainement laisser des plis. Le petit bonhomme fut propulsé plus loin que son acolyte, et termina sa course vers le milieu du salon. La femme de ménage avait bondi de sa chaise comme une grosse gazelle.

L'homme en salopette, sa surprise passée, avança sur Lester avec la mine de quelqu'un qui déteste les chaussures jaunes et ce qu'il y a au-dessus. Mais son compère se mit à glapir :

— Attention ! il a peut-être une arme !

La femme de ménage essayait bien de se cacher derrière son aspirateur, mais ça ne marchait que dans sa tête. Le type en salopette se mit à défroisser gentiment son col de chemise, pour se donner une contenance, tandis que l'inspecteur s'adressait au petit Brummel qui avait cessé de glapir :

— Je suis l'inspecteur divisionnaire Lester, de la brigade criminelle...

Ce fut dit sur un ton solennel et menaçant à souhait, et le freluquet en costume faillit mettre les mains en l'air, comme dans les films, même si l'individu qui se disait policier n'avait toujours pas sorti le moindre flingue de sa veste.

— Bertrand Fontaine-Leroy, zézaya l'autre, fondé de pouvoir de M. Marcel Magne et président-directeur général de la Société des Engins Magne.

Par chance il ne jugea pas nécessaire d'ajouter qu'il était sorti premier de Polytechnique, autrefois.

— Enchanté ! fit Lester qui se frotta un peu les yeux avant de les détourner de l'étincelant personnage.

— J'essayais d'entrer ! ajouta ce dernier.

Il aurait obtenu le même effet de surprise en révélant qu'il portait un costume croisé et qu'il mesurait un mètre soixante.

— Et ce monsieur est serrurier, je suppose, fit Lester en désignant du regard l'homme en salopette.

— En effet.

— Eh bien nous n'allons pas le retenir puisque la porte est tout à fait ouverte.

Le policier se tourna ensuite vers la grosse femme toujours retranchée derrière son aspirateur.

— Vous aussi, madame, vous pouvez disposer... vous ne voulez vraiment pas des petits chiens ?

Comme il l'espérait, cette dernière remarque fit sortir la dame merveilleusement vite malgré sa curiosité d'en savoir plus long.

Lester n'attendait pas d'autre visite et poussa le verrou. Le petit monsieur qui avait voulu ouvrir la porte dansait d'un pied sur l'autre dans le salon. Depuis l'école, sans doute, il devait se sentir plus ou moins en faute, et il finissait bien sûr par se fourrer dans d'énormes pétrins. Lester, que l'on pouvait considérer provisoirement comme le maître des lieux, l'invita à s'asseoir sur le canapé, et prit place à côté de lui.

— Qu'espériez-vous trouver ici ? demanda-t-il.

L'autre revenait un peu de sa crainte enfantine de la force publique :

— Et vous-même ? fit-il. Avez-vous un mandat de perquisition ?

— Non, mais j'ai la clé, ce qui est un grand avantage sur vous.

Le petit homme se redressa, du moins autant qu'il le put, et lança d'une voix qui évoquait un casse-noix :

— Vous n'aviez aucun droit d'entrer ici, vous devez le savoir !

— Je suis entré dans un appartement qui n'existe pas, susurra Lester, pour enquêter sur une personne officiellement morte depuis trois ans. Et moi-même, pour tout vous dire, je n'existe pas vraiment non plus.

M. Fontaine-Leroy parut consulter le plafond sur le crédit qu'il fallait accorder à ces étranges propos. Il montra sans façon un crâne prématurément dégarni, preuve que le destin n'avait même pas voulu lui accorder les trois ou quatre centimètres de chevelure qu'un bon coiffeur aurait pu facilement gonfler en banane. Le policier poursuivit :

— L'enquête sur le meurtre de votre patron est close, comme nul ne l'ignore. Mais je m'intéresse encore à son amie, Mlle Pearl Inshar, qu'on a trouvée morte avec lui, et je voudrais bien savoir ce qui lui est arrivé depuis le jour de sa disparition à Rome, voici trois ans. Peut-être la connaissiez-vous...

— Non ! fit le petit monsieur, sans quitter le plafond des yeux. Je ne l'avais jamais rencontrée, ni avant, ni après sa disparition. M. Magne avait une femme : c'est elle que je connais.

Bien sûr, songea Lester. Quand on porte un nom à faire des baisemains, on ne fréquente pas les fantasmes en rose et noir du patron. On se contente d'inspecter discrètement sa garçonnière quand les choses tournent mal. Le policier regarda de biais le type sur son canapé. Il avait l'air authentiquement coincé, du genre à se doper au valium pour échapper aux vilaines pensées. Ça le rendait plutôt sympathique, tout comme ses cinq centimètres de semelles et cette façon qu'il avait de regarder en l'air, avec une espèce de tristesse, peut-être, de vivre si loin du plafond.

— A mon avis, fit le policier sur le ton, soudain, de la confidence, cette histoire d'assassinat terroriste, c'est une blague !

— C'est pourtant votre idée, fit l'autre dans une espèce de ricanement.

— Je ne suis pas toute la police, monsieur Fontaine-Leroy.

L'autre se tourna brusquement vers Lester et le regarda, surpris par le ton et la franchise du propos. Puis il se leva, et fit quelques pas vers le milieu de la pièce, cherchant apparemment quelque chose. Il s'immobilisa, jetant sur Lester un coup d'œil méfiant. Celui-ci n'avait toujours pas sorti de flingue. Alors le petit bonhomme trottina vers la cuisine, où il disparut pendant une minute.

Il revint muni d'une bouteille de whisky et de deux grands verres, qu'il posa sur la table basse et remplit aux trois quarts. Il se rassit sur le canapé, et vida d'un trait l'un des verres. Lester le regarda faire, légèrement inquiet. Ce type n'avait vraiment pas une carrure à vider sans dégâts une bouteille de whisky. C'était un vrai coincé, décidément, et les vrais coincés plongent la tête la première dans les pires catastrophes, quand ils se déchaînent : ils ne cherchent en fait qu'à se punir.

— On a assassiné Marcel Magne ! fit-il d'un air pénétré.

— Ça, je le savais, sourit l'inspecteur.

— Non, non ! je veux dire : c'est venu de très haut ! ça fait des mois qu'on cherche à nous liquider.

— A vous liquider ?

Lester sentait le petit monsieur prêt à se déboutonner du col de sa chemise à ses lacets de souliers. Le seul problème, c'était de l'empêcher de se saouler avant d'avoir tout dit.

— Les banques nous ont lâchés les premières, reprit Fontaine-Leroy. En plein milieu de notre plan d'investissement. On s'en serait tiré, mais presque en même temps la Défense nationale a annulé ses options sur huit cents millions de matériels.

Lester hocha la tête, compatissant.

— Quant aux Libyens, poursuivit Fontaine-Leroy, ils n'avaient aucune raison d'assassiner M. Magne. Au contraire ! Ils étaient prêts à nous tirer d'affaire. Pas plus tard qu'avant-hier, nous devions rencontrer leurs financiers ici-même, à Paris.

— Au lieu de cela, votre patron est allé se faire descendre devant sa propriété de Provence.

Fontaine-Leroy inclina la tête et parut examiner son pantalon comme si Lester lui avait fait signe qu'il ne l'avait pas bien boutonné.

— C'est vrai, fit-il le nez toujours baissé. Il n'avait aucune raison d'aller là-bas alors qu'il avait rendez-vous à Paris avec les gens qui pouvaient le sauver.

Lester l'empêcha de se verser un second verre de whisky. Le type considéra la bouteille sans protester, l'air plutôt de s'excuser, comme on regarde peut-être une femme avec qui l'on vient de faire flanelle. Ce n'était pas un alcoolique, mais seulement un homme qui ne sait pas s'y prendre. On ne peut pas tout avoir.

— Quand avez-vous vu M. Magne pour la dernière fois ?

— Avant-hier. En fin de matinée. Enfin, non ! je ne l'ai pas vu. Je sais seulement qu'il est passé dans son bureau.

— Pas très loin du vôtre, je suppose ?

— Oui ! sur le même palier.

— Et il n'a pas cherché à vous parler ?

Le petit homme regardait tour à tour Lester et le whisky, comme en cherchant à deviner si le policier aurait vraiment su comment faire, lui, avec la bouteille.

— M. Magne a dû vous dire quelque chose, dit brusquement ce dernier. Il n'a pas pu partir comme ça, tout plaquer, sans la moindre explication.

Fontaine-Leroy parut sursauter. Il abandonna la contemplation de la bouteille de whisky, et se tourna vers Lester.

— Qu'est-ce que vous voulez savoir ? s'écria-t-il. M. Magne est mort. Nous sommes en faillite. Que vous faut-il de plus ?

— Je n'ai aucun intérêt dans cette affaire, fit Lester dans un léger sourire. Je ne suis qu'une mouche sur votre gros tas de fumier.

— Ne faites pas l'idiot ! Vous n'êtes pas venu ici par hasard : on cherche à compromettre M. Magne ! Ce n'est pas assez qu'il soit mort. Il vous faut encore fouiller dans sa vie privée !

Son indignation n'était pas feinte. Il avait le sens de l'honneur, le petit homme qui vendait ses armes dans des pays de crève-la-faim comme on fourgue de la came à la sortie des lycées.

— Je n'ai rien trouvé ici qui puisse compromettre votre patron, fit Lester. Je suis venu de ma propre initiative. On m'a chargé hier matin de l'enquête, mais on m'en a dessaisi dès hier soir... je n'avais aucun droit d'entrer dans cet appartement. Je n'ai pas davantage celui de vous interroger.

Le policier prit la bouteille de whisky et emplit le verre de Fontaine-Leroy. Après tout, le petit homme pouvait bien se saouler ! Et lui aussi, pouvait se resservir s'il en avait envie. Personne ne risquait rien : on s'enfonçait depuis un moment dans une histoire de plus en plus irréelle.

Fontaine-Leroy prit son verre et le considéra pendant une seconde avec une sorte d'incrédulité. Puis il le porta brusquement à ses lèvres et le vida d'un trait : peut-être pensait-il qu'il n'y avait rien dans le verre, en fin de compte, et que Lester n'était pas non plus un vrai policier, mais une apparence, l'image seulement d'un policier dans un rêve qu'il faisait.

Il reposa le verre sur la table basse et regarda le simulacre de Lester avec un drôle de sourire, l'air de dire : « Cause toujours ! il sera bien temps de se réveiller. » Puis il plongea la main dans la poche intérieure de sa veste, et en sortit un papier.

— Il m'a fait porter ceci, hier, avant de s'en aller.

Lester déplia le papier.

— Je ne sais pas pourquoi je vous fais confiance, dit encore le petit homme.

Lester ne se souciait pas de lui fournir une explication, et avait déjà commencé à lire : « Ils me tiennent. Nous savons qui. Cette vieille raclure n'y est sans doute pour rien mais se fout de nous comme du reste. Je prends la Ferrari : elle va presque aussi vite que l'avion et la solution est dans la boîte à gants. Brûlez ce qu'il y a dans le coffre, ou gardez-le pour écrire vos mémoires. »

Lester replia le papier et le rangea dans son portefeuille sans que Fontaine-Leroy fît mine de protester. Les deux hommes restèrent silencieux pendant quelques secondes. Les derniers mots de la lettre montraient que Marcel Magne ne pensait pas revenir vivant du voyage qu'il allait entreprendre, et la « solution » qui se trouvait dans la boîte à gants de la Ferrari devait avoir l'aspect d'un revolver.

— Où pensait-il se rendre ? demanda le policier.

— A Genève.

— Il y possédait un appartement, n'est-ce pas ?

— Oui ! il y séjournait assez souvent, pour régler certaines affaires.

— Avec la « vieille raclure », j'imagine.

Fontaine-Leroy esquissa une sorte de grimace amidonnée qui devait être un sourire.

— C'est comme ça qu'il appelait Henry Blake... Vous avez certainement entendu parler d'Henry Blake ?

— Le milliardaire ?

— Oh, bien plus que cela, fit l'autre avec un tel accent de respect que Lester faillit s'excuser.

— Ce plus que milliardaire possède certains intérêts dans vos affaires, j'imagine ?

Fontaine-Leroy eut un petit rire :

— Nous étions dans sa main, et depuis un moment il voulait nous liquider. Ça le démangeait.

— Alors il a ouvert la main pour se gratter.

Lester écarta du pied l'un des yorkshires, qui lui mordillait les chevilles. Machinalement, Fontaine-Leroy tapota le coussin du canapé, à côté de lui. Les deux petits chiens envahirent aussitôt ses genoux en se tortillant, et voulurent y creuser un terrier.

— Vous n'auriez pas dû, remarqua Lester. C'est de la glu, ces bestioles.

L'autre regardait faire les deux cabots et ne semblait nullement incommodé. Depuis la mort de Marcel Magne, il ne devait pas très bien se rendre compte de ce qui se passait autour de lui.

— Si ce Henry Blake avait vraiment les moyens de vous liquider financièrement, reprit Lester, on voit mal pourquoi il aurait payé des tueurs... Par contre votre patron semblait animé d'intentions plutôt belliqueuses : il y avait sans doute un revolver dans la boîte à gants de sa voiture, s'il faut en croire sa lettre...

— C'était pour lui-même. Sa dernière carte. Le

policier se leva, hochant la tête. Fontaine-Leroy se leva à son tour, sans prendre garde aux deux yorkshires qui roulèrent au pied du canapé, où ils continuèrent à se tortiller comme des vers. Lester se baissa pour les ramasser. Il les donnerait peut-être à bouffer à son petit requin. Il gagna ainsi le vestibule, un cabot dans chaque main. Fontaine-Leroy se tenait au milieu du salon, l'air d'hésiter.

— Ne perdez pas votre temps, lui lança Lester. Votre patron a pris ses précautions. Vous ne trouverez rien ici.

L'autre hésitait toujours. Ça devait l'embêter de quitter cet appartement sans avoir fait les poussières : il avait eu beau diriger en second de puissantes entreprises, il était de la même trempe, au fond, que la grosse femme de ménage. Il se croyait certainement de l'ambition, mais il était fait pour retaper le lit du patron.

Lester laissa la porte d'entrée ouverte derrière lui. Il n'avait pas de main libre pour la refermer, et puis Fontaine-Leroy ne manquerait pas de le faire. Les Établissements Marcel Magne étaient en faillite, on avait descendu le patron, mais le petit homme, lui, continuait à vider les cendriers.

CHAPITRE VII

Lester passa au garage où le marchand d'armes avait repris sa voiture le jour de son départ. Il apprit que Magne était venu en fin de matinée dans une Austin conduite par une jeune femme noire, correspondant au signalement de Pearl Inshar. Mais au lieu de repartir ensemble dans la Ferrari, Marcel Magne et sa maîtresse s'étaient installés chacun dans sa voiture et semblaient avoir pris des directions différentes. Le mécanicien qui avait remis la Ferrari à son propriétaire précisa que celui-ci et sa compagne avaient l'air très préoccupé. Il se rappela que le monsieur avait remis à la jeune femme une enveloppe de forme allongée aux couleurs d'Air France.

L'après-midi était passablement avancé, et en quittant le garage Lester s'accorda une demi-heure pour manger un sandwich. Il boucla dans le coffre de la voiture les deux yorkshires qui avaient commencé à dévorer le rembourrage de la banquette arrière. Les informations recueillies au garage le troublaient passablement, et il se sentait incapable d'y réfléchir à jeun : Marcel Magne semblait être parti seul pour Genève, tandis que Pearl Inshar avait pris l'avion, mais moins de vingt-quatre heures plus tard on trouvait leurs deux cadavres à sept cents kilomètres de là, dans la Ferrari. Pearl Inshar avait-elle pris l'avion pour Genève où Magne l'aurait rejointe ? La chose serait facile à vérifier, même si, comme c'était probable, la jeune femme avait voyagé sous un faux nom. Mais le comportement de Marcel Magne dans les dernières heures de sa vie s'avérait de plus en plus déroutant.

Une nuée de jeunes filles en shorts minuscules vint envahir la terrasse où se trouvait le policier. Elles étaient blondes et pépiaient gaiement dans leur langage râpeux. Elles avaient les cuisses un peu fortes, pour la plupart, et toutes roses de coups de soleil : elles mangeaient sûrement des saucisses au petit déjeuner. Elles visitaient la France et les Français en huit jours. Elles avaient le regard transparent, le sourire transparent, et c'étaient toutes de vraies blondes, transparentes intégralement. Lester était un peu gêné d'avoir sous les yeux ces douzaines de cuisses en toute simplicité. Ces gens-là ne mettent pas de voilages aux fenêtres.

L'une des filles lui demanda du feu comme il se levait. Il lui tendit son briquet. Elle était jolie, les pommettes hautes, les yeux bleus légèrement bridés, des cheveux ivoire, l'air d'une Chinoise qui serait tombée dans une bassine d'eau de javel. Lester lui sourit, un peu à cause du soleil, un peu à cause de ce qu'il y avait sous le débardeur de la demoiselle, en toute simplicité comme le reste. La fille offrit une de ses cigarettes, blonde aussi. Le policier eut presque envie de se rasseoir. Il faisait beau. Le monde entier était transparent, et toutes ces filles devaient croquer la vie comme dans un fast-food, sans faire de chichis.

Il reprit pourtant son briquet, refusa la cigarette, et se dirigea vers sa voiture, à une centaine de mètres de là. Il crut sentir sur lui les regards des jeunes filles, pendant quelques secondes. Rien ne l'empêchait de retourner sur ses pas, de lier conversation, et de fumer toutes les cigarettes blondes qu'on ne demandait qu'à lui offrir. Personne ne se souciait d'apprendre la vérité sur l'affaire Magne. Mais il ne se trouvait plus qu'à une dizaine de pas de sa voiture, maintenant. Il était trop tard pour se raviser.

Une très vieille dame, bien mise, l'air extrêmement convenable, cherchait à forcer le coffre de la Renault de Lester sans se cacher le moins du monde. Elle s'y prenait très mal. Elle n'aurait pas été fichue d'ouvrir une boîte de conserves. Un vieux monsieur venait de s'arrêter sur le bord du trottoir, l'encourageant de la voix et du geste. Il avait l'air très convenable, lui aussi, l'allure du monsieur qui offre des joujoux à ses petits enfants et qui profite pleinement de sa retraite complémentaire. Lester n'avait encore jamais vu de cambrioleurs de cette sorte. Puis il entendit les jappements frénétiques des deux yorkshires, dans le coffre de la bagnole, et il comprit.

Il s'installa dans la voiture et démarra sans accorder grand crédit aux invectives des deux dignes vieillards qui le menaçaient évidemment d'appeler la police.

Avant de gagner le quai des Orfèvres il passa chez Mme Tine qui voulut bien le débarrasser des cabots.

Le bureau du commissaire Fournel n'était qu'une espèce de cagibi sous les combles. Il y faisait très chaud. L'agrandissement photographique qui couvrait la cloison opposée à la fenêtre, représentant le puy de Sancy sous la neige, n'apportait qu'un effet de fraîcheur purement imaginaire. Le commissaire Fournel était bien le seul à sentir la brise vivifiante de l'altitude quand son adjoint sortait ses Gitanes, plongeant le sommet du Massif central dans un épais brouillard.

On parla du commissaire Marion, qui avait téléphoné une heure plus tôt, et qui se révélait bien meilleur détective, au fond, que son air uniformément avachi, de la moustache au revers du pantalon, ne l'avait d'abord laissé prévoir.

— Ils ont analysé le sang qui imprégnait les sièges de la Ferrari, et ils ont trouvé des traces, en abondance, d'un groupe qui n'appartient ni à Magne ni à sa maîtresse. A tout hasard, Marion a voulu savoir si l'on n'aurait pas retrouvé dans les dernières vingt-quatre heures, quelque part entre Paris et Avignon, un cadavre correspondant à ce groupe sanguin.

Lester alla entrouvrir la fenêtre, se rassit, et ne put s'empêcher d'allumer une autre Gitane.

— On a retrouvé ce cadavre, poursuivit Fournel. Au bord de la nationale entre Genève et Annecy, dans un fossé. Un homme de soixante-quinze ans environ, abattu d'une balle dans la nuque. Le revolver se trouvait à côté du corps.

— On n'a pas trouvé d'arme, par contre, dans la boîte à gants de la Ferrari.

— On aurait dû ?

Lester tendit au commissaire la lettre de Marcel Magne à son fondé de pouvoir.

— Ça pourrait correspondre, admit Fournel.

— Le lieu correspond aussi : je sais depuis tout à l'heure que Magne s'est rendu à Genève, dans la soirée, avant de repartir vers le sud. Annecy, Grenoble, Valence, c'est la route qu'il a dû suivre. Connaît-on l'identité du mort ?

— Aucun papier sur lui. Quant aux empreintes...

— N'espérons pas trop ! Ce nouveau client n'est

même pas nécessairement français. Il vient de Genève...

— ... Et Genève n'est qu'un immense hôtel.

Essayons quand même d'y voir clair : Marcel Magne quitte Paris avant-hier vers midi.

— Il peut donc être à Genève à partir de cinq heures.

— A partir de quatre heures, répliqua Lester, qui savait ce qu'est une Ferrari.

— Soit ! quatre heures ! Pendant ce temps sa maîtresse, d'après ce que vous me dites, a pris l'avion vers la même destination : Genève-Cointrin. Reste à comprendre pour quelle raison ils se séparent pour accomplir le voyage.

— Magne n'aime pas l'avion et sa maîtresse déteste la voiture, fit Lester par plaisanterie avant de poursuivre. Notre homme se rendait régulièrement à Genève. Il dépendait financièrement du milliardaire Henry Blake chez qui, vraisemblablement, il prenait ses ordres. Or Henry Blake venait de le lâcher.

— Marcel Magne devenait trop compromettant...

— En tout cas c'est chez ce Henry Blake que doit se trouver la solution de notre casse-tête.

— Mais comment allez-vous faire pour l'interroger ? s'esclaffa Fournel : on n'approche pas ce genre de personnage à moins d'un kilomètre. Et nous n'avons aucun pouvoir à Genève, aucun droit d'y faire quoi que ce soit.

Lester réfléchit une seconde :

— On peut y passer des vacances, n'est-ce pas ?

— Les hôtels sont chers, là-bas.

Lester reprit la lettre de Magne, et la relut machinalement avant de la glisser dans sa poche :

— « Ils me tiennent. Nous savons qui... »

— Eh bien ?

— Eh bien je le saurai à mon tour, car ils s'intéresseront de très près à moi, s'ils soupçonnent que je peux les atteindre.

— Attention, mon vieux ! Vous n'avez pas une tête à savoir gagner au poker.

— J'ai une tête à me faire piquer ma chemise, je sais.

— Une tête de flic.

— Ouais ! Et je finis presque toujours par retrouver ma chemise, et le voleur.

Ça devenait une habitude : ils étaient encore sur le palier, ils n'avaient même pas l'air de s'embêter. Lui, se leva et s'étira pour ainsi dire jusqu'à l'étage supérieur, voyant arriver le policier. Elle, par contre, ne bougea pas. Elle devait se trouver bien sur l'espèce de cube noir où elle était assise et qui encombrait le milieu du palier.

— Il n'y a pas de chop-suey ce soir, dit la fille. Vos chiens sont tombés dedans en essayant d'en manger.

— Mes chiens ?

— Ben oui ! fit le garçon. Mme Tine dit que ce sont des chiens.

Le policier montra de l'index le gros cube noir.

— C'est une télé, fit la fille en se levant.

— On vous l'offre, dit Laurent, parce qu'on a vu que vous n'en avez pas.

Par chance ils n'avaient pas apporté le piano à queue : Lester n'en possédait pas non plus.

— Où l'avez-vous prise ? demanda le policier, passablement inquiet.

— On ne l'a pas prise. On nous l'a donnée. Le fils de M. Magne.

Le policier chercha sa clé au fond de sa poche, mais plutôt pour se donner une contenance :

— Si vous connaissez aussi les assassins du même M. Magne, grommela-t-il, faites-vous donc offrir leurs flingues : je pourrais en avoir besoin.

Le garçon ne parut pas sentir l'ironie. Mais la fille se rendit compte que l'inspecteur n'était pas tout à fait content.

— Vous nous trouvez trop démerde ? C'est ça ?

— On vous a suivi ce matin, expliqua Laurent. Avec notre camping-car. On est allé à Saint-Cloud derrière vous. Et puis avenue Foch. On est monté dans l'immeuble. Ça craignait drôlement, tous ces flics. Un vrai polar. La super production !

— Ils vous ont vus entrer ?

— On leur a dit qu'on apportait le mort. Discrétos, bien sûr, à cause des journalistes. Ils nous ont crus à cause du corbillard.

« A cause du corbillard » se répéta en lui-même Lester. Et lui, le meilleur limier de la Criminelle, s'était laissé suivre par ce corbillard pendant toute la matinée sans avoir rien remarqué !

— Ça va ! vous êtes les plus forts ! fit le policier dans un sourire.

Il ouvrit la porte. Laurent prit le téléviseur, le cala contre son ventre, et se glissa de biais pour entrer. Catherine le suivit sans rien porter d'autre que ses charmes, ce qui n'était déjà pas mal.

— Alors, on vous a donné ce téléviseur... fit Lester d'un ton dubitatif, en refermant la porte.

— C'est toute une histoire, commença Laurent...

— J'imagine !

— On a visité l'appartement, poursuivit le garçon. Le vrai hall de gare, vous avez vu ? ça jette, mais ils s'emmerdent sûrement, là-dedans. Le train ne doit pas passer tous les jours. Enfin on a vu une demi-douzaine de pièces. C'était Versailles, mais on est arrivé sans boussole dans une espèce de bureau plein de bouquins. Il y avait un mec en train de jouer aux échecs avec sa télé. Il nous a vus. Il n'a rien dit. Alors on s'est assis...

— Vous vous asseyez toujours, quand on ne vous chasse pas ? demanda Lester, sarcastique.

Laurent posa le téléviseur par terre, souffla un grand coup avant de se redresser, et demanda :

— Vous la voulez où, votre télé ?

— Je ne sais pas encore si je la veux : ça dépend.

— Ah bon ? s'étonna sincèrement la fille.

— On peut vous avoir un magnétoscope tout neuf pour deux mille balles, proposa Laurent.

— Je préfère ne pas savoir, grommela Lester.

— Évidemment, c'est un peu chourave, s'excusa le garçon.

— Et moi, je suis un peu flic, rappela Lester.

Laurent et Catherine se regardèrent, légèrement embarrassés.

— On a gaffé ? demanda le garçon après une seconde.

— Après tout, je viens de me mettre en vacances, fit Lester. Mais dans un mois, je serai de nouveau flic. Alors j'aimerais mieux savoir comment vous vous êtes procuré ce téléviseur.

— Puisqu'on vous dit qu'on nous l'a donné ! insista Catherine.

— Le frangin qui jouait aux échecs, reprit Laurent, c'était un mec à première vue comme les autres. Seulement au bout de cinq minutes tu te rends compte qu'il ne tourne pas rond. Il jouait sa partie contre l'ordinateur. Bon ! il perd ! contre un ordinateur tu perds toujours, c'est pas fréquentable, les ordinateurs. Mais lui, le type, il se fout en rogne. Il prend la console, et il la balance à coups de pompe :

vingt mille balles de matos en l'air ! Ensuite il s'attaque à sa télé. Une Sony toute neuve. Dix mille balles. Alors on lui dit qu'on va s'en charger, de sa télé, qu'on va la lui noyer dans la Seine : comme ça, il sera vengé ! Le mec nous dit « d'accord foutez-moi ça en l'air avant que je l'éclate ! »

— Et vous avez eu son téléviseur pour pas cher ! conclut Lester dans un éclat de rire.

Il jeta un coup d'œil circulaire dans le salon, avisant finalement la commode qui se trouvait derrière le canapé.

— On va la poser là, dit-il.

— Là ? mais vous allez lui tourner le dos quand vous serez sur le canapé, fit Catherine, étonnée.

Lester n'avait vraiment pas l'habitude de regarder la télé, il aurait dû simplement le reconnaître, mais il aimait avoir le dernier mot :

— Le poisson la verra, lui ! argua-t-il finalement.

Laurent haussa les épaules, puis, d'un coup de reins, souleva le téléviseur pour le poser sur la commode. Il prit soin de placer l'écran contre la cloison.

— C'est encore mieux si le mur en profite, fit-il avec une espèce de lassitude.

Les gens sont tous les mêmes : on se défonce pour eux, et pour un peu ils vous feraient la gueule.

Il n'y avait plus de chop-suey chez Mme Tine, mais on trouva des spaghettis sous l'évier, et du concentré de tomate à côté de la brosse à chaussures, résultat d'une erreur tout à fait inhabituelle puisque Lester n'utilisait que du cirage jaune. Il y avait aussi une plaquette de beurre dans le frigo, et même des œufs, dont l'emballage ne portait pas de date, ce qui obligea Lester à fouiller assez loin dans sa mémoire. Par précaution on décida de faire durcir les œufs. Le policier était presque sûr qu'il suffisait de cinq minutes, mais Catherine, qui avait malheureusement décidé de préparer elle-même le dîner, soutint qu'il fallait au moins une demi-heure.

Les spaghettis auraient été consommables si on avait eu des truelles. Quant aux œufs durs, on aurait pu les faire passer plus facilement à travers un sablier que dans un œsophage.

Le vin n'était pas mauvais.

On en but beaucoup, surtout pour faire passer les œufs, et l'on devint de très bonne humeur. On se quitta vers minuit.

Lester accompagna ses jeunes invités sur le palier. Il embrassa Catherine, presque paternellement. Il tapota l'épaule de Laurent, tout à fait paternellement et pour la symétrie. Il apprit aux deux jeunes gens qu'il allait partir le lendemain pour Genève, et qu'il serait débarrassé d'eux pendant un mois.

On s'esclaffa, on s'embrassa de nouveau, et chacun s'en alla tituber jusqu'à son lit.

CHAPITRE VIII

Ça s'appelait l'hôtel de l'Europe, mais le réceptionniste était indien, et la femme de chambre qui prit les bagages de Lester devait être mauricienne. Elle était charmante, d'ailleurs, pouffant de rire en prenant la clé au tableau, en ramassant le sac de Lester, en appuyant sur le bouton de l'ascenseur. Elle parlait un français approximatif et chantant qu'elle devait avoir appris en bavardant avec des fleurs.

La chambre de Lester se trouvait au quatrième étage. Il l'avait retenue pour la semaine. Ensuite, il aviserait. Un petit enfant noir faisait des chronos sur un tricycle dans le couloir. Il prenait bien son pied, et faillit renverser la Mauricienne en passant. Lester s'était jeté à temps sur le côté. Le gosse fit demi-tour devant la porte de l'ascenseur, et prit son élan pour un nouveau record. La Mauricienne le regarda faire en pouffant de rire. Une porte s'ouvrit vers le milieu du couloir, et un homme très maigre apparut, sondant l'espace, devant lui, avec le bout de sa badine blanche. Les roues du tricycle maintenant lancé à toute allure faisaient sur le linoléum une espèce de chuintement que l'aveugle, la tête légèrement penchée de côté, cherchait depuis une seconde à identifier.

Lester cria « attention », et la Mauricienne se mit à

rigoler de plus belle. Le môme sur sa monture allait conquérir comme au tournoi la canne du malheureux. Une femme en boubou jaillit d'une des chambres et intercepta le garnement juste avant qu'il ne terrassât son adversaire.

Le policier trouva quatre lits dans sa chambre, et en découvrit un cinquième plié dans la penderie. C'était une très grande pièce, uniformément peinte en gris, sans la moindre décoration. Lester choisit le lit le plus proche de la fenêtre et s'y étendit pour un moment. Ça l'embêtait un peu, les trois autres lits, et puis celui, encore, dans la penderie. C'était comme un manteau trop grand dont les manches lui auraient couvert les mains. Il se sentait empêtré, bizarrement, dans tout ce vide, y compris celui des murs impeccablement gris. Il ferma les yeux et flotta pendant un moment entre deux eaux. Les cloisons de la chambre étaient minces, et l'on entendait des familles entières dans les dortoirs d'à côté, piailler à qui mieux mieux dans des langues exotiques. Lester se dit qu'il aurait mieux valu être riche pour suivre les traces à Genève de Marcel Magne. Il avait l'impression d'être logé avec les porteurs et les boys.

Vers six heures il se releva, et alla prendre une douche. Il n'avait pas l'habitude de voyager, et en descendant du TGV il s'était senti sale, couvert de poussière et d'escarbilles comme au temps de son enfance et des locomotives à vapeur.

Il passa un moment, ensuite, à se promener en regardant les boutiques somptueuses aux portes déjà bouclées et aux vitrines quadrillées par des grillages. Aucune ville ne paraît plus fermée que Genève à l'heure où ses paisibles citoyens, n'ayant plus rien à vendre jusqu'au lendemain, jouissent de leur prospérité à l'abri du reste du monde. Le policier s'assit sur un banc, près du lac. Le soleil commençait à disparaître derrière les toits de tuiles brunes, sur sa gauche. Quelques voiles glissaient lentement sur l'eau calme. Les rumeurs de la ville déjà engourdie se confondaient avec le clapotis paresseux des vaguelettes contre la berge cimentée. Il y avait une corbeille à papiers à côté du banc, et quelques pas plus loin une cabine téléphonique. La montagne qu'on apercevait dans l'éloignement, de l'autre côté du lac, semblait avoir été posée là par un décorateur. Un tourniquet d'arrosage dispensait sa brume sur le gazon. Il y pousserait peut-être des chaises longues. C'était une ville fermée, paisible, humaine, tempérée, une vaste clinique où on aurait prétendu soigner toutes les difficultés de vivre, ou bien un casino, une seule grande maison de jeux où chaque commerçant aurait eu pour tâche de délester de son pécule, avec infiniment de patience et de gentillesse, l'étranger qui aurait eu l'imprudence, jusque-là, de se croire fortuné.

Lester remonta vers la cathédrale un peu avant huit heures. Il n'était plus trop tôt pour aller dîner. Il trouva un restaurant italien dont la terrasse s'étendait agréablement en contrebas d'une petite place. Trois ou quatre arbres, soigneusement taillés, se donnaient de faux airs de plantes d'intérieur. Le policier s'assit à une table au bout de la terrasse. Il y avait une nappe rouge et une bougie dont la flamme tremblotait.

Il commanda une « quatre saisons », un pichet de rouge, et déplia le Journal de Genève. C'est le privilège des solitaires que de pouvoir lire à table.

On y parlait de l'assassinat de l'industriel français et l'on y révélait ses liens financiers avec les milieux genevois. Le nom de Henry Blake, pourtant, n'était pas mentionné : ce dernier était un étranger, même s'il vivait à Genève depuis trente ans, et l'anonymat est une faveur que la Suisse accorde volontiers à ses généreux donateurs.

Par contre, le journal ne cachait nullement les récentes interventions de la Caisse fiduciaire d'Europe du Nord et de son directeur Hermann Muller dans les affaires du fabricant d'armes.

Cet Hermann Muller, précisément, était l'homme que Lester se proposait d'aller interroger dès le lendemain. Et le policier savait comment se faire ouvrir toute grande la porte de son bureau.

CHAPITRE IX

Lester s'assit avec précaution sur un bouquet de roses aux teintes délicates. L'autre fauteuil, devant le bureau, portait un bouquet tout semblable sur son dossier en médaillon. Le regard du policier ne put se détacher tout de suite du grand tableau qui ornait le mur, au-dessus de son interlocuteur.

— Vous aimez mes « Baigneuses » ? demanda Hermann Muller dans un sourire. Et il ajouta : j'ai un faible pour Cézanne.

Il est vrai que Louis XIV avait « un faible », pareillement, pour les jardins, et Napoléon, en toute simplicité, pour l'Europe elle-même.

— Moi, ce sont les chocolats, fit le policier. J'ai souvent des faiblesses pour les chocolats.

Hermann Muller se pencha par-dessus le bureau, et tendit à Lester un papier plié en quatre.

— Je vous rends votre... document. Il pourra vous servir encore.

C'était un homme d'une cinquantaine d'années. Des cheveux roux coupés en brosse fermaient le rectangle presque parfait de son visage. Ses grosses lunettes faisaient un effet de loupe sur les yeux bleu pâle, soulignant la dureté du regard : deux glaçons dans un verre.

Lester prit le papier, le déchira, et posa les morceaux dans le gros cendrier de cristal, sur le bureau.

— Je n'ai pas l'intention de m'en resservir.

L'autre s'esclaffa, mais comme avec lenteur, posément, en homme sûr de lui, de son poids, et du temps infini qu'il a devant lui.

— Vous pensez donc avoir trouvé en moi la bonne personne ? demanda-t-il sur un ton d'ironie.

Lester leva les yeux vers les « Baigneuses », et parut rêver un instant, très loin de toutes ces histoires. Il dit enfin :

— Vous ne perdriez pas votre temps à me recevoir, si vous n'étiez pas la bonne personne.

L'autre se carra dans son fauteuil en souriant. C'était un très beau fauteuil, comme tout ce qu'il y avait dans cette pièce. Le bureau de M. Hermann Muller, au dernier étage de la Fiduciaire d'Europe du Nord, faisait une sorte d'oasis avec ses tapis précieux, ses tableaux, ses meubles anciens, coiffant les six étages de verre et d'acier, laborieux et pour ainsi dire abstraits, de l'immeuble de la compagnie. Il fallait toute une existence, certainement, pour s'élever jusqu'ici, même si l'on n'était pas parti de rien.

— Je vous reçois, monsieur Lester, parce que vous souhaitez me parler... certainement pas à cause de ce bout de papier.

Il désigna le cendrier d'une main condescendante, avant de reprendre :

— Je sais que vous êtes à Genève à titre, disons... privé.

— En quelque sorte, oui, reconnut le policier.

— Avez-vous trouvé un hôtel agréable ?

— Assez agréable pour moi, fit sèchement Lester.

L'autre continuait de sourire :

— Vous enquêtez sur la mort de Marcel Magne,

bien que l'enquête soit close... et bien close, je vous assure.

Le sourire s'accentua, cordial et discrètement insultant :

— Mais je sais beaucoup de choses sur Magne, reprit-il, et je suis tout prêt à vous les dire.

— Vraiment ? fit le policier sur un ton parfaitement sceptique.

— Vraiment... et si j'avais fait tuer ce monsieur, je vous le dirais aussi... confidentiellement, bien entendu.

— Vous auriez tort ! Une enquête, ça se rouvre.

— Pas celle-ci, monsieur Lester. Pas celle-ci, je vous le garantis. Mais je n'ai pas fait tuer Marcel Magne.

De la main, il écarta quelque chose d'invisible, devant lui. Le mouvement était las et condescendant, de nouveau. Puis il reprit :

— Marcel Magne n'était pas très net, c'est le moins qu'on puisse dire. Évidemment son affaire tournait rond et rapportait de l'argent à notre consortium. Mais ces derniers temps nous avons trouvé que cet argent avait une certainc odeur. Pour tout vous dire, monsieur Lester, il commençait même à puer.

Quand on possède un Cézanne, entre autres babioles, on peut jeter ses chemises sales au lieu de les laver et faire renvoyer la soupe si elle n'est pas tout à fait assez chaude. On peut aussi se permettre quelques écarts de vocabulaire pour bien se faire comprendre : même avec le langage, on n'a plus à prendre de gants.

— Nous avons finalement choisi de nous retirer, conclut Muller.

— Vous... c'est-à-dire M. Henry Blake, lâcha soudain Lester, juste pour voir...

L'autre leva légèrement les sourcils. Le sourire s'en alla, probablement du côté de l'encéphale pour y prendre les ordres, puis il revint ayant reçu l'ordre, justement, de revenir.

— M. Blake n'a entendu parler de Marcel Magne que de très loin, fit Muller sur un ton légèrement affecté, un peu comme il aurait dit : « Mais vous déconnez, mon bon ! »

— J'imagine que M. Blake est très au-dessus de ces contingences, évidemment.

L'autre ne se baissa pas pour ramasser, trop lourde à son gré, l'ironie. Lester insista :

— Il ne sait plus toujours d'où lui vient son argent, peut-être.

Le policier savait qu'il suffisait à Muller d'appuyer sur un bouton pour le faire embarquer par deux vrais gorilles recrutés dans la jungle la plus proche, sommairement dégrossis, et déguisés en « conseillers économiques ». Or il y avait une douzaine de boutons, au moins, sur le bureau. Il se disait en même temps que sa seule chance de se faire prendre au sérieux était de rudoyer un peu le bonhomme. N'avait-il pas réussi à se faire recevoir en montrant simplement une photocopie de la lettre de Marcel Magne à son adjoint ? Qui se sent morveux se mouche, et Muller finirait bien par se moucher un peu dans les doigts, comme n'importe quel banal suspect !

— Parlons franchement, monsieur Lester : le petit Fontaine-Leroy vous a sûrement dit que son patron s'apprêtait à signer avec les Libyens...

— En effet.

— Cela n'avait rien pour nous déplaire, croyez-moi ! Nous avons même facilité les choses pour que l'affaire se fasse. Nous étions prêts à renoncer à certaines créances.

— Vous ?

— Pourquoi pas ? Nous ramassions la plupart de

nos billes, et M. Magne pouvait aller se faire pendre ailleurs.

Le sourire d'Hermann Muller fut brusquement congédié. Les traits se figèrent dans le rectangle du visage.

— Vous auriez pu vous épargner le voyage de Genève, poursuivit-il. Ceux qui avaient le plus d'intérêt à la disparition de Magne étaient tout près de vous. Je vous répète, monsieur Lester, que votre enquête est terminée : Marcel Magne a été abattu par un commando de terroristes, qui a revendiqué le meurtre au nom de l'intégrisme musulman.

— Mais vous n'y croyez pas plus que moi, monsieur Muller !

L'autre cala les coudes sur les bras de son fauteuil, et posa le menton sur ses mains jointes, souriant à nouveau, l'air de dire : « Quand tu auras cessé de me divertir, je te ferai jeter par la fenêtre. »

— Vous n'y croyez pas plus que moi, répéta Lester.

— Nous n'avons pas la même idée de la vérité, cher monsieur : ne me demandez pas de partager vos convictions !

Lester se sentit soudain déprimé. Il perdait son temps : autant essayer de faire peur à une feuille d'impôt !

— Vous voulez dire, fit-il d'une voix sourde, que les commanditaires du meurtre seraient les Français... le gouvernement français ?

— Cherchez à qui le crime profite : c'est votre règle d'or, n'est-ce pas ?

Muller avait incontestablement raison : lui-même ne pouvait avoir organisé l'assassinat de Marcel Magne puisqu'il en était déjà débarrassé. Il avait passé la main, en quelque sorte, aux Libyens. Mais soutenu par l'argent de Kadhafi, le marchand d'armes devenait d'autant plus dangereux aux yeux des Français.

Hermann Muller semblait suivre avec amusement les pensées du policier. Il était comme au spectacle : un homme qui règne sur des milliards de dollars ne doit plus savoir se passionner pour grand-chose. Tout au plus peut-il se distraire à regarder les autres s'agiter à la surface du monde, qui n'est qu'une espèce de fourmilière dans son jardin. C'est pour cette raison, sans doute, qu'Hermann Muller avait laissé le policier entrer dans son bureau et s'asseoir sur l'un de ses précieux fauteuils : le petit inspecteur l'intriguait. Il avait envie de l'examiner d'un peu près. Il avait envie, aussi, de lui laisser voir ses « Baigneuses ». Il ne devait pas avoir si souvent l'occasion de les montrer. La fortune est une fichue solitude, car on y apprend que rien au monde n'a vraiment de consistance, et pour y parvenir on a toujours su que personne n'a vraiment d'importance.

Si le président de la Fiduciaire d'Europe du Nord savait lire dans les pensées des autres à force de ne pas s'y intéresser le petit policier français, de son côté, devinait assez bien l'ennui formidable de son interlocuteur, et ne désespérait pas d'en tirer parti. Un homme comme celui-ci pouvait donner aux flics sa propre mère, pour se changer les idées.

— Connaissez-vous Pearl Inshar, la maîtresse de Magne ? demanda l'inspecteur.

L'autre se pencha un peu en avant, posant cette fois les coudes sur le bureau, mais le menton toujours appuyé sur ses mains jointes : intéressé, mais pas assez pour ne plus sentir le poids de sa tête, alourdie par la réussite constante et le pouvoir.

— Elle passait le plus clair de son temps ici, à Genève, dit Muller... jusqu'au jour de sa disparition.

— On l'a retrouvée à côté de Marcel Magne.

L'autre sourit à nouveau : il avait cet article aussi, dans son magasin.

— Les journaux n'en ont pas parlé, fit-il, mais je le savais : j'ai mes informations.

— Je n'en doute pas, apprécia Lester. Et vos informations, comme vous dites, sont peut-être plus intéressantes que les miennes.

— Peut-être, admit l'autre, mais je crains de ne pouvoir vous les donner toutes.

Lester choisit d'abattre ses cartes : si l'adversaire en possédait de meilleures, il pourrait bien être tenté de les montrer à son tour.

— Pearl Inshar habitait à Paris, dans un immeuble qui appartenait à Magne. On l'a vue avec lui, la veille du meurtre. Elle a sans doute pris l'avion pour ici même, où ils se sont retrouvés.

L'autre écoutait tranquillement, l'air goguenard. Lester n'avait plus qu'une carte dans la main. Il allait bien voir ce qu'elle valait :

— Enfin nous savons que Pearl Inshar s'est fait extraire une molaire, deux ou trois jours avant sa mort. Si nous retrouvons le dentiste, nous apprendrons sans doute sous quelle identité elle vivait, et avec un peu de chance nous pourrons reconstituer les grandes lignes de son existence depuis sa disparition.

Muller se redressa en hochant la tête :

— Voulez-vous un conseil ? fit-il.

Et comme la réponse de Lester ne devait faire aucun doute dans son esprit, il poursuivit :

— Laissez tomber cette affaire aussi : elle ne vous mènera à rien.

Il se leva, montrant qu'il donnait congé :

— ... Si jamais elle vous menait à quelque chose, je n'aimerais pas être à votre place.

Lester se leva. L'autre contourna le bureau, et vint s'asseoir familièrement sur le bord du meuble, face au policier.

— Je ne vous dirai plus rien, monsieur Lester. Dans votre propre intérêt, car vous m'êtes sympathique : vous aimez vous battre.

Il quitta le bureau et se dirigea lentement vers la porte, qu'il ouvrit lui-même.

— Il faut toujours se battre pour quelque chose, ajouta-t-il sur un ton de nostalgie, en homme qui n'a pas rencontré d'adversaire sérieux depuis bien longtemps.

Lester gagna la porte, à son tour. L'autre lui serra la main presque cordialement.

— Hâtez-vous de visiter l'appartement de Magne, dit-il en souriant : je crois qu'on n'y a pas encore posé les scellés.

Il cligna de l'œil, derrière le verre épais de ses lunettes. Ou bien n'était-ce qu'un tic ? Il semblait partagé entre sa décision déclarée de garder secrètes les informations qu'il détenait, et le désir, néanmoins, de ne pas décourager la curiosité du petit policier.

L'appartement de Marcel Magne se composait de trois belles pièces et d'une grande cuisine, au dernier étage d'une maison ancienne, face à la cathédrale. Les plafonds étaient assez bas. Il faisait très chaud, sans doute parce qu'on était sous les combles. Il y avait de beaux meubles montagnards, de bois blanc. Un peu de poussière flottait dans le soleil, sous les fenêtres. Cet appartement ne ressemblait en rien à Marcel Magne : ce n'était ni le luxe anonyme et compassé de son domicile de l'avenue Foch, ni la froideur hôtelière de sa garçonnière. Des toiles naïves de diverses tailles décoraient les murs. Les autres objets d'ornement, lampes, vases, un joli buste de terre cuite, un plateau d'argent finement travaillé servant de vide-poche, témoignaient d'une attention aux choses dont le marchand d'armes n'aurait certainement pas été capable.

La chambre était presque dépourvue de mobilier en dehors d'un grand matelas posé à même la moquette et recouvert d'une fourrure blanche. Lester se pencha et passa le dos de la main sur le couvre-lit : c'était du vison selon toute apparence. On avait banni le luxe de cette demeure, on avait choisi un décor rustique de bois blanc, de cuir, de grosse laine, mais on n'avait pas réussi à en exclure tout à fait la richesse.

Le policier reconnut Pearl Inshar sur l'agrandissement photographique qui couvrait une bonne partie de la cloison, face au lit. La jeune femme posait nue sur un fond uniformément blanc. Elle était assise à même le sol, une jambe étendue, l'autre repliée. La tête reposait nonchalamment contre le genou. Les deux bras étaient d'une finesse extraordinaire. Les mains se rejoignaient au niveau de la cheville dans le geste, peut-être, de lacer un chausson de danse. Mais il n'y avait pas de chausson : il n'y avait rien, sur la photographie, que le corps de la jeune femme, dont le regard paisible fixait le vide comme dans un monde où rien d'autre qu'elle n'eût existé.

Lester resta une minute avant de pouvoir se détacher du fantôme de Pearl Inshar. Puis il examina les penderies, la salle de bains, la table de nuit. Il trouva des vêtements féminins, des produits de beauté, même des bijoux, les uns de fantaisie, les autres, semblait-il, de valeur, mais jetés au hasard dans le tiroir de la table de nuit. Aucune trace de Marcel Magne : cet homme ne laissait pas d'empreinte sur les objets, qu'il ne devait même pas voir. Par contre l'appartement portait la marque de Pearl Inshar. Le mobilier montagnard, les tableaux naïfs, le couvre-lit de vison, révélaient une personnalité, une présence en tout cas.

Lester retourna dans le salon, perplexe, et s'assit sur le canapé. Il remarqua le carnet d'adresses qui se trouvait sous le téléphone, devant lui, mais sans se décider tout de suite à le prendre et à l'examiner. Il voulait réfléchir, d'abord. Pearl Inshar avait vécu dans ces lieux, qui paraissaient n'avoir été quittés que de la veille. Elle avait habité de même la garçonnière de Marcel Magne à Paris. La femme de ménage l'y avait vue voici seulement une semaine. Mais ceci ne cadrait pas avec cela, et les deux appartements étaient vraiment trop dissemblables : ici l'on voyait la marque d'une femme de goût, soucieuse de se créer un intérieur chaleureux. A Paris, au contraire, la même Pearl Inshar devenait une créature fade et stupide, passant des journées entières en chemise de nuit devant un téléviseur : cette mutation pouvait-elle être imputée à la terrible maladie qui la minait ? Le policier prit le calepin sous le téléphone, et se mit en devoir de le feuilleter sans avoir trouvé d'explication plus satisfaisante.

L'écriture ne correspondait pas à celle de la lettre de Magne à son adjoint. Il n'y avait que peu d'adresses, et aucune rature. Le carnet devait être récent, et il appartenait évidemment à Pearl Inshar car le policier y reconnut le nom d'au moins un photographe célèbre, et trouva plusieurs adresses d'agences de mannequins et de magazines de modes.

Il n'en tirerait pas grand-chose, sans doute. Pearl Inshar avait disparu voici trois ans. Elle avait forcément cessé toute activité professionnelle dans un métier où l'on vend son image, reproduite à des millions d'exemplaires.

Une visite au médecin genevois de la jeune femme,

le Dr Rothmann, 6, rue Saint-Victor, serait certainement plus fructueuse. Pearl Inshar était atteinte d'un cancer. Le médecin légiste avait trouvé une dose importante d'anesthésique dans le sang de la malheureuse. Avait-on essayé de l'opérer ? Mais elle avait été reconnue à Paris en compagnie de Magne quelques heures seulement avant sa mort. Tout cela s'agençait plutôt mal, à moins que Pearl Inshar et la jeune femme noire aperçue à Paris n'eussent été deux personnes différentes.

Lester prit le téléphone et composa le numéro du Dr Rothmann. Une voix féminine et veloutée lui répondit. Le policier demanda un rendez-vous, si possible en urgence. La voix lui proposa « quinze heures, cet après-midi... voulez-vous m'indiquer le nom de la personne ? »

— Monsieur Lester.

Il y eut quelques secondes de silence, puis :

— Vous dites bien : « Monsieur » Lester ?

— Oui.

— Pour quelle sorte de... troubles souhaitez-vous me consulter, monsieur Lester ?

— Vous êtes le docteur Rothmann ?

— Oui ! je suis le docteur Rothmann, gynécologue, précisa la voix féminine et suave, un peu moins suave, toutefois, et quelque peu réticente depuis une seconde.

CHAPITRE X

Il ne savait pas depuis quand au juste le petit homme en loden le suivait : peut-être depuis qu'il avait quitté l'appartement de Marcel Magne, devant la cathédrale. Il l'avait remarqué à cause de son loden, justement, bien trop chaud pour la saison, et aussi de son bizarre chapeau, du même vert que le manteau : un feutre orné d'une plume de faisan, comme on les porte en Bavière ou dans le Tyrol. C'était un homme âgé, au visage marqué, aux yeux très enfoncés sous des orbites proéminentes qui faisaient ressortir encore d'épais sourcils grisonnants : un babouin.

Il n'avait pas l'air bien redoutable, et encore moins doué pour la filature : avec son manteau et sa dégaine il était aussi discret qu'une enseigne au néon. A deux ou trois reprises, le policier allongea le pas, pour voir. Le babouin le suivit sans s'essouffler ni se décourager, se rapprochant même. Lester entendait ses chaussures à bouts ferrés tinter sur l'asphalte : il avait l'impression bizarre d'être poursuivi par une machine à écrire.

Vers une heure, il s'arrêta un peu au hasard devant le menu affiché à la porte du café de la Pointe. Le babouin resta planté au milieu du trottoir, à vingt pas de là, sans prendre seulement la peine de se donner une contenance.

Lester entra et s'assit à une table, derrière la vitre. Une minute plus tard, le type au loden fit son entrée et fila s'asseoir au fond de la salle. Il ne quitta ni son manteau ni son beau chapeau. Lester commanda des saucisses et un Fendant. L'autre commanda seulement un verre de Vichy, qu'il se mit à déguster comme une liqueur forte en fermant les yeux et en plissant le nez.

Il ne regardait pas Lester. Il avait plutôt l'air de penser à d'obscurs problèmes de vésicule biliaire. Il était là, simplement mais irrémédiablement, comme une lampe qu'on aurait oublié d'éteindre chez soi en partant en vacances.

Lester finit tout doucement son repas. Il était deux heures et demie. Le babouin s'était assez reposé, on pouvait repartir. Le policier se versa un dernier verre de Fendant, qu'il leva en direction du type, pour boire à sa santé. Celui-ci souleva poliment son chapeau et inclina la tête. Puis les deux hommes réglèrent chacun son addition, quittèrent le restaurant, et se dirigèrent tranquillement vers la rue Saint-Victor, toujours à vingt mètres l'un de l'autre. C'étaient maintenant de vrais copains.

Le cabinet du Dr Rothmann n'était qu'au premier étage de l'immeuble, mais le babouin préféra attendre dehors, malgré le geste ironique de Lester l'invitant à le suivre sous le porche.

Une jeune femme ouvrit au policier. Elle était habillée, déguisée plutôt en infirmière, blouse blanche moulante, regard ingénu de porcelaine bleue, sourire d'amante comblée : on la sentait capable de changer n'importe quel bobo en volupté. Elle mena Lester directement dans le cabinet de consultation, lui faisant éviter le salon d'attente.

Le Dr Rothmann avait l'air bien plus convenable

que son assistante. C'était une petite femme rondouillarde, entre deux âges. Tout à fait la tête à s'occuper des bobos, elle aussi, mais avec de sages ordonnances et des conseils avisés.

Elle invita Lester à s'asseoir sur l'un des deux fauteuils Empire, devant un énorme bureau du même style. Entre deux patientes elle aurait pu faire la sieste dans l'un des tiroirs.

— Que puis-je faire pour vous, monsieur... Lester ?

Le policier reconnut la voix douce et chaleureuse du téléphone. Chaque syllabe valait un comprimé de valium. On savait d'avance qu'elle allait tout résoudre, rédiger la feuille d'impôts de sa cliente, l'aider à honorer ses factures impayées, régler le moteur de sa voiture, lui dire le temps qu'il ferait demain.

Lester exposa qu'il était policier, et qu'il enquêtait sur la mort de Pearl Inshar, le célèbre modèle, qui avait été la patiente du docteur. Il omit bien sûr de préciser qu'il n'avait aucun mandat pour interroger qui que ce fût.

— Quand est-elle morte ? demanda sans émotion la doctoresse.

— Il y a trois jours.

— Trois jours ? répéta la femme avec étonnement.

Lester se méprit sur les raisons de cette perplexité :

— Elle avait disparu depuis trois ans, en effet. Mais je pensais que vous aviez pu la voir, depuis lors. En tout cas nous savons maintenant qu'elle vivait, et nous cherchons à découvrir pour quelle raison elle se cachait... à moins qu'on ne l'ait séquestrée... encore que cette dernière hypothèse soit assez peu vraisemblable.

Le Dr Rothmann se leva, et alla retirer un classeur de l'armoire vitrée qui se trouvait derrière elle. Elle s'assit et sortit du classeur une chemise, marquée au nom de Pearl Inshar.

— Je n'ai pas le droit de vous montrer le dossier d'une de mes patientes, fit-elle en feuilletant le contenu de la chemise mais j'ai ici la lettre d'un de mes confrères, cancérologue, qui a examiné Mlle Inshar : mon confrère indique que la malade est condamnée sans doute possible dans un délai de quelques semaines à quelques mois.

— De quand date la lettre ?

Le Dr Rothmann referma la chemise :

— J'ai classé le dossier de Mlle Inshar voici plus de trois ans, monsieur. Je ne pouvais pas imaginer une seconde que j'aurais à le rouvrir.

Elle avait l'air catégorique. Le policier, pourtant, avait toutes les raisons de ne pas se laisser prendre à ce ton. Il avait vu, voici quarante-huit heures seulement, le cadavre d'une jeune femme qui venait de mourir et qui ne pouvait être que Pearl Inshar.

— Connaissait-elle la gravité de son état ? demanda Lester.

— Non ! les symptômes, dans cette sorte de tumeur, sont relativement discrets jusqu'au dernier moment, et peuvent laisser croire à une affection bénigne.

Elle se leva, et reposa le classeur dans le rayonnage.

— La jeune femme dont vous avez vu le cadavre et celle que mon confrère a examinée il y a trois ans ne peuvent être la même personne, dit-elle en se rasseyant.

Elle avait cet air de sévérité vaguement goguenarde qu'ont les médecins quand ils vous annoncent : « Vous allez droit à l'infarctus si vous continuez à fumer. »

— La jeune femme dont nous avons examiné le corps souffrait d'une tumeur à la base du cerveau, fit

Lester. D'après ce qu'on m'a expliqué, elle pouvait mourir à tout instant, par compression brutale de la moelle épinière.

La doctoresse perdit à l'instant son allure d'assurance, cette belle certitude que le pauvre type qui claque, finalement, ne l'a pas volé.

— C'est bien cela, fit-elle d'une voix légèrement assourdie : Mlle Inshar pouvait mourir d'un instant à l'autre, en éternuant par exemple, ou en faisant un mouvement un peu brusque. En tout cas elle n'a pas pu survivre pendant trois ans.

— Et pourtant elle a survécu.

— Je ne comprends pas, dit simplement le Dr Rothmann.

Elle allait se lever, et prendre congé de ce policier qui venait raconter des histoires à dormir debout. Dans le salon d'attente, de vraies clientes patientaient sagement, pourvues de banals organes et toutes prêtes à crever de bonne grâce de banales maladies. Mais Lester n'avait pas fini.

— Avez-vous déjà vu un certain Marcel Magne, l'ami de Mlle Inshar ?

— L'homme qu'on vient d'assassiner ? fit-elle avec un étonnement qui pouvait passer pour sincère. Et elle ajouta, cette fois sèchement : mes patientes ont l'habitude de venir seules.

— Votre confrère, reprit le policier, n'envisageait-il pas une ablation chirurgicale de la tumeur de Mlle Inshar ?

— Quelle idée ! c'était parfaitement contre-indiqué.

— Selon vous, donc, il n'a pas cherché à l'opérer.

Le Dr Rothmann regarda sa montre avec impatience avant de consentir à répondre :

— Même le dernier des charlatans n'aurait pas

essayé. Je vous le répète, monsieur, ma patiente était condamnée. Tout ce qu'on pouvait faire pour elle, c'était de la laisser tranquille.

Cela fut dit d'un tel ton d'exaspération que Lester ne jugea pas utile de révéler que Pearl Inshar était morte, selon le médecin légiste, au cours d'une anesthésie. D'ailleurs, la doctoresse poursuivit à voix basse, comme pour se convaincre elle-même :

— Nous parlons de deux femmes différentes. Elles souffraient de la même maladie, peut-être, mais c'est une coïncidence. Une pure coïncidence. Je ne vois pas d'autre explication.

Elle était prête à repasser ses diplômes, à vendre ses salades sur le marché, ou à devenir chaisière si on lui prouvait le contraire. Lester n'aimait pas beaucoup les gens trop sûrs d'eux-mêmes : ils font les coupables de loin les plus agaçants.

— Votre malade, à vous, avait-elle de petites cicatrices sous les seins ?

Bien sûr elle en avait ! Et le Dr Rothmann sursauta comme si le policier avait posé ses chaussures jaunes sur le beau bureau d'acajou.

— Vous voyez bien que nous parlons de la même personne, fit-il en souriant.

Il avait ce ton d'encouragement, d'amitié presque, qui vient naturellement à un policier qui sent son suspect sur le point d'avouer.

Mlle Inshar s'était fait opérer, en effet. Une intervention de chirurgie plastique que la doctoresse jugeait tout à fait inopportune. Mlle Inshar avait une poitrine superbe, quoique un peu forte. Elle n'aurait jamais dû y toucher. Mais son ami, ce M. Magne, précisément, qu'on venait d'assassiner, semblait y tenir beaucoup. L'opération avait été pratiquée voilà cinq ou six ans dans la clinique du célèbre Dr Adler.

Le policier n'avait jamais entendu parler de ce monsieur.

La doctoresse et toute la profession le tenaient pour le fondateur de la chirurgie esthétique moderne : cet Autrichien avait malencontreusement adhéré au parti nazi en 1938, et au lendemain de la guerre la rumeur courut qu'il avait pratiqué l'euthanasie sur un certain nombre de malades mentaux. Il avait dû quitter l'Europe et n'était revenu qu'en 1950. Il avait alors fondé sa clinique dans les bâtiments d'un ancien sanatorium, dans la montagne, à quelques dizaines de kilomètres seulement de Genève.

— Intéressant personnage, commenta Lester.

Le Dr Rothmann ne parut pas faire grand cas de cette remarque : les charges qui pesaient sur le Dr Adler ne devaient pas être bien sérieuses, puisque les autorités suisses lui avaient permis d'ouvrir sa clinique, qui connut un succès immédiat : on y pratiquait la chirurgie esthétique, mais aussi toutes sortes de cures contre le vieillissement : des traitements extrêmement coûteux, souligna le Dr Rothmann.

— Une clientèle choisie, fit Lester en souriant.

Et il se leva.

Il retourna aussitôt à son hôtel. Le petit vieux en loden le suivit fort ponctuellement, le raccompagnant pour ainsi dire jusqu'à sa porte, mais il n'y prêta plus attention : l'inspecteur était une heureuse nature et prenait vite l'habitude des gens.

Il n'était pas mécontent de sa première journée à Genève. Les choses s'étaient diablement compliquées et la mort de Pearl Inshar devenait une sorte de puzzle dont les pièces, pour le moment, n'allaient pas ensemble. Pourtant il avait le sentiment que le succès de son enquête dépendait de la solution de ce problème.

Il résuma dans sa tête le déroulement de l'histoire,

telle qu'il la connaissait à présent, et bien entendu ce résumé ne faisait aucun sens : Marcel Magne est assassiné devant la grille de sa propriété. Les tueurs n'avaient normalement aucun moyen d'apprendre qu'il s'y trouverait cette nuit-là, à cette heure-là. Pour simplifier les choses, il transportait dans sa voiture le cadavre de sa maîtresse, disparue voici trois ans, et condamnée par la médecine, pareillement, depuis trois ans.

« Une morte vivante », songea le policier : or les assassins cherchent à s'emparer du cadavre de Pearl Inshar après avoir liquidé Magne, et l'on pourrait penser que cet étrange butin constituait l'un des objectifs de leur agression.

Qu'y avait-il donc sur ce cadavre de si précieux ou de si compromettant ? Quelle espèce d'indice les assassins de Magne auraient-ils voulu effacer ? Le médecin légiste et les premiers éléments de l'enquête n'avaient jusqu'à présent rien révélé, sauf cette contradiction : Pearl Inshar aurait dû mourir selon les médecins voilà trois ans, elle avait en effet disparu à cette époque, et cependant elle vivait encore voici seulement trois jours !

Le policier n'aurait pas su dire au juste pourquoi, mais il avait le sentiment que ce fameux Dr Adler, virtuose de la chirurgie esthétique et du rajeunissement, aurait pu lui fournir d'intéressantes explications sur le cas de Mlle Inshar.

Il se fraya un chemin jusqu'au comptoir de la réception parmi une troupe d'Indiens enturbannés qui se plaignaient avec force d'avoir perdu leur avion. Lester crut comprendre que le réceptionniste, également indien quoique sans turban, leur expliquait dans leur langue qu'on ne peut pas perdre un avion à

Genève, et que les Suisses sont réputés dans le monde entier pour leur honnêteté.

Il trouva une enveloppe dans le casier, à côté de sa clé, et l'ouvrit en attendant l'ascenseur : le commissaire Fournel l'avait appelé de Paris et lui demandait de le joindre le plus tôt possible.

L'inspecteur eut l'impression que l'ascenseur éclatait de rire en ouvrant ses portes, mais c'était seulement la femme de chambre mauricienne qui sortait de la cabine, en se tenant les côtes comme d'habitude. Son rire redoubla tout naturellement à la vue des Indiens qui n'avaient pas encore retrouvé leur avion.

Arrivé au quatrième, Lester gagna sa chambre, à l'autre bout du couloir, sans autre incident que la rencontre d'un Japonais minuscule qui discutait en yiddish avec une très grande femme de race noire aux cheveux blonds platinés. Ça lui rappelait un film qu'il avait vu dans son enfance, cet hôtel de l'Europe : cela se passait à Hollywood, dans les studios d'une grande compagnie. Il n'y avait pas d'histoire à proprement parler parce que les comédiens et les figurants s'étaient trompés à qui mieux mieux de tournage : un cow-boy attrapait au lasso une marquise à perruque poudrée, et un gros ours blanc terrorisait tout le monde en faisant mine d'avoir perdu le nord. Peut-être n'était-ce d'ailleurs qu'un figurant dissimulé dans une fourrure d'ours blanc : le policier ne se rappelait plus très bien. Il lui semblait toutefois que ce souvenir, évoqué par la clientèle plutôt bigarrée de l'hôtel, n'était pas sans rapport non plus avec l'affaire Magne : on aurait dit que les personnages, dans cette histoire disparate, jouaient indifféremment dans plusieurs scénarios à la fois.

Il y avait du nouveau, assura le commissaire Fournel d'une voix suave, autrement il n'aurait jamais pris la liberté de déranger son adjoint pendant ses vacances.

— Vous vous fichez de moi ? fit Lester. Je n'ai jamais autant travaillé.

Mais on percevait distinctement le rythme voluptueux d'un reggae, traversant la cloison depuis la chambre voisine, et Fournel l'entendait aussi. Il fit mine de se taire pendant quelques secondes pour écouter.

— J'ai repéré la trace à Genève de Pearl Inshar, ajouta Lester pour montrer qu'il n'avait pas perdu son temps.

— Ah oui ? fit Fournel, ironique. Et combien de Pearl Inshar avez-vous trouvé ? Ici nous en avons au moins deux.

Lester quitta le lit où il était assis, et, le téléphone à la main, s'éloigna de la cloison autant que la longueur du fil le permettait. Il essaya de s'installer dans la salle de bains en refermant la porte sur lui, mais le vacarme y était pire que dans la chambre. Il revint sur ses pas en essayant de saisir ce que lui disait Fournel :

— Nous avons retrouvé à Roissy une Austin appartenant à Magne, poursuivit le commissaire : ça n'a pas été bien difficile. Elle avait été abandonnée sur l'emplacement réservé aux autocars. Nous avons vérifié l'identité de toutes les jeunes femmes noires ayant embarqué pendant les vingt-quatre heures qui nous intéressent. Ça fait du monde, mais on a fini par en venir à bout. Aucune, bien entendu, ne s'appelle Pearl Inshar, mais il semble que toutes les identités relevées soient authentiques.

— Je m'en doutais un peu, fit Lester. Il y a deux femmes, deux Africaines, dans cette histoire : l'une a pris tranquillement l'avion l'autre jour, et je crois que nous pouvons l'oublier.

— Ce Marcel Magne avait une maîtresse dans chaque port.

— Peut-être, mais ça ne lui ressemble pas vraiment. J'ai l'impression qu'il était très attaché à Pearl Inshar. Il lui a même fait refaire les seins : une sorte de Pygmalion.

— Eh bien, s'esclaffa Fournel, notre sculpteur avait reproduit sa Pearl Inshar en plusieurs exemplaires, et il en gardait un dans chaque chambre où il passait.

— J'ai bien l'impression, répondit Lester avec le plus grand sérieux, que la solution de cette affaire pourrait consister en une bizarrerie de cet ordre.

Le commissaire s'abstint de relever l'étrangeté du propos. Lester était un fantaisiste à ses yeux, même si ce fantaisiste tombait souvent juste.

— Il y a beaucoup plus bizarre encore, fit-il. J'ai chargé l'inspecteur Lucas de se renseigner un peu sur Mlle Inshar auprès des agences qui l'ont employée. L'une de ces agences nous a mis sur la piste d'un dentiste qui aurait passablement amélioré le sourire de cette jeune personne au début de sa carrière. Lucas est allé voir ce dentiste, qui a son cabinet à Neuilly : c'est justement lui qui a pratiqué l'extraction de molaires dont le cadavre porte la marque récente.

— Voilà enfin quelqu'un qui l'a vue depuis peu, fit joyeusement Lester.

— Pas exactement : ce dentiste a pratiqué l'extraction la veille du départ de Pearl Inshar pour Rome... il y a trois ans.

Pendant une demi-minute on n'entendit plus dans la chambre de Lester que le rythme sensuel du reggae. L'inspecteur reprit enfin d'une voix sourde :

— C'est absurde. Vous avez vérifié ?

— C'est absurde et nous avons vérifié. Nous avons

fait pratiquer un moulage de la mâchoire inférieure du cadavre, et nous l'avons immédiatement montré au dentiste, qui possède le même moulage, très exactement, vieux de trois ans.

CHAPITRE XI

Lester tournait depuis un bon moment dans la chambre, et ses cors aux pieds commençaient à le faire souffrir. Il aurait mieux fait de s'asseoir, ou d'aller faire un tour. Il avisa le petit réfrigérateur, sous la fenêtre, et en sortit une fiole de whisky, qu'il téta au goulot avant de reprendre sa longue marche, du lit à la penderie, et de la fenêtre à la porte de la salle de bains. L'affaire Magne commençait à s'organiser dans sa tête de façon toute nouvelle, autour de Pearl Inshar : il se demandait même si l'industriel n'avait pas été assassiné seulement à cause de la jeune femme, ou plutôt de son cadavre.

La musique de reggae avait cessé dans la chambre voisine, une porte venait de claquer, et le silence se fit, luxe extraordinaire en ce lieu. Plus rien ne venait déranger les réflexions du policier. Celui-ci se sentit peu à peu gagné par la nervosité, face à ce silence et à ses propres interrogations. Il fit une nouvelle halte devant le frigo, sortit une seconde fiole de whisky, un verre, et prit quelques glaçons dans le freezer. Il alla s'asseoir sur son lit, et se remit à réfléchir en regardant les glaçons flotter dans le verre. Il y en avait trois, autant que de cadavres dans son affaire : celui de Marcel Magne, bien sûr. Celui, étrange et nu, de

Pearl Inshar. Celui, enfin, du vieil homme retrouvé sur la route d'Annecy, et que Magne, vraisemblablement, avait abattu avec son revolver.

Les trois glaçons fondaient tout doucement.

Lester se releva, posa le verre sur la table de nuit, et se remit à tourner dans la chambre. Il en était de plus en plus certain, sans qu'il pût savoir d'où lui venait cette assurance : on avait abattu Marcel Magne à cause de Pearl Inshar, et pour lui reprendre le cadavre de la jeune femme. Magne, de même, avait été jusqu'à tuer pour s'emparer de ce cadavre.

Le policier retourna s'asseoir sur le lit, et reprit son verre où les glaçons finissaient de fondre dans un morne tournoiement. Pearl Inshar avait été anesthésiée juste avant de mourir : qu'avait-on essayé de lui faire ? Quelle sorte d'opération ? Comment avait-elle survécu pendant trois ans alors que sa maladie la condamnait sans rémission ? Et pourquoi la plaie de sa gencive, après l'extraction de la molaire, n'avait-elle pas cicatrisé au bout de ces mêmes trois années ?

Les glaçons avaient fondu, et Lester regardait son verre, stupidement, comme si la solution toute simple de son énigme s'était trouvée là, sous ses yeux. A moins qu'il ne l'eût laissée disparaître !

Il vida le verre d'un trait, ce qui était la manière la plus facile, sinon la plus élégante, de résoudre le problème. Puis il se leva, et sortit de la chambre en claquant la porte derrière lui.

Les Indiens enturbannés avaient quitté la réception de l'hôtel. Ils avaient dû retrouver leur avion. L'autre Indien, le réceptionniste, reprenait des forces derrière son comptoir, affalé sur sa chaise, dodelinant doucement de la tête, les yeux fermés, les mains croisées sur le ventre. Il ouvrit un œil au passage de Lester, et puis laissa tomber. Il devait pratiquer la méditation, se dit le policier, à voir son air d'indifférence langoureuse. Les Orientaux ont bien compris que la seule sagesse, c'est de roupiller. L'inspecteur, lui, ne savait pas. Il pouvait du moins se promener tout doucement en direction du lac, et réfléchir chemin faisant au meilleur moyen de s'introduire dans la clinique du Dr Adler.

Le petit bonhomme en loden avait disparu. Lester le chercha du regard devant la porte de l'hôtel, puis sur le trottoir d'en face. Il était parti jouer à un autre jeu, autrement il ne se serait pas posté bien loin. Le policier s'était habitué au cliquetis de ses chaussures. Tant pis !

Mais il y avait autre chose de bien familier, sur le trottoir, et les passants devaient faire un détour très incommode pour contourner l'obstacle, soit en descendant sur la chaussée, soit en se glissant à la queue leu leu par l'étroit passage subsistant du côté des vitrines.

Voyant Lester sourire, un monsieur d'âge mûr et d'allure fort honnête lui dit dans le parler en pente douce des Genevois :

— Ce n'est pas bien convenable, ça, de laisser un corbillard sur un trottoir.

Une dame, un peu plus loin, renchérit avec ce même accent qui traîne les pieds quand ça monte.

— Ça oui, c'est un peu manquer de respect, n'est-ce pas ?

— Ce sont des Français, encore ! fit une troisième voix, toujours avec cette intonation. Il faudrait quand même appeler la police !

On appela la police, précisément, avec de grands signes amicaux depuis l'autre trottoir :

— Inspecteur ! Inspecteur !

Les regards genevois se posèrent tour à tour, plus calvinistes que nature, sur Lester et sur les deux jeunes débraillés qui le hélaient. Catherine et Laurent s'élancèrent à contre-courant des voitures, provoquant deux ou trois bons coups de freins, et se retrouvèrent auprès du policier.

— Qu'est-ce qu'ils font, tous ces gens ? demanda Catherine, désignant le petit attroupement qui se formait.

— Ils regardent votre corbillard en train de lever la patte sur leur trottoir.

— Ce n'est pas un corbillard, rectifia une nouvelle fois Laurent : c'est un camping-car !

— Allez donc le leur expliquer ! Vous feriez mieux de monter dans cet engin qui n'a pas de nom, et de filer en vitesse.

— D'accord, mais on vous emmène ! fit Laurent.

Quand on ne peut pas empêcher une catastrophe, le mieux est encore de se coucher en boule, les avant-bras sur la tête, et d'offrir le moins de résistance possible aux forces de l'adversité. Lester avait donc choisi de monter dans le soi-disant camping-car, préférant filer avec les deux autres. Les Suisses ne pratiquent pas le lynchage, mais ils peuvent vous faire des remarques très désagréables, qui sentent terriblement l'examen de conscience et la monnaie forte.

On quitta Genève, et on prit la route du lac de Joux, au bord duquel se trouvait la clinique du Dr Adler. La promenade en valait bien une autre, et l'on serait de retour avant la nuit.

Laurent était d'humeur à expliquer la vie et à faire profiter la terre entière de sa jeune expérience : sa philosophie reposait sur deux fondements complémentaires, le bricolage et le camping-car : avec deux mains et un peu d'habileté, on pouvait transformer les citrouilles en carrosses, et un fourgon mortuaire en nid d'amour. Le nid d'amour ainsi conçu se déplaçait à peu près partout sur la surface du globe, selon l'inspiration ou les nécessités de l'heure : tu trouves un boulot, alors tu t'installes. Le jour où tu te fais chier, tu te casses. Si tu en as marre du paysage, tu t'arraches pareil. Regarde autour de toi les gens : ils attendent la mort tout doucement. Ça fout les boules, de voir ça. Il vaut mieux se tirer, tu comprends ! Dès que tu prends racine, c'est mauvais. Il faut repartir. Tu as vite un pied dans la tombe, si tu ne fais pas gaffe.

La route montait maintenant à flanc de colline, et l'on apercevait le lac, en contrebas, couleur de vieil argent. Assise entre le conducteur et Lester, Catherine s'appuyait sans façon contre l'épaule du policier pour regarder. Elle dit que c'était beau, mais dans sa tête c'était encore mieux que ça. Lester ne pensait pas au paysage. Il ne pensait pas non plus au Dr Adler, ni au moyen de s'introduire auprès de lui. Il sentait la jeune fille en short innocemment serrée contre lui, il avait même un peu trop chaud, ce n'était pas désagréable du tout, mais allez donc réfléchir à quoi que ce soit dans ces conditions !

Les virages se resserrèrent et la pente s'accentua progressivement. Laurent rétrograda en seconde pour maintenir l'allure.

— Le moteur a cent mille bornes, mais il n'est toujours pas débridé. Avant moi il n'avait jamais dû dépasser le trente à l'heure, ce taxi !

— Vous avez fait un bon achat, apprécia Lester.

— Tu parles ! des amortisseurs comme neufs, jamais de surcharge, un cercueil avec son macchabée ça va chercher dans les cent vingt kilos maximum.

— On est peu de chose...

— Les freins, pareil ! jamais servi. Tu as déjà vu un

enterrement piler ? Carrosserie impeccable, astiquée tous les jours. Et puis j'aime bien le noir.

— Ça fait chic, renchérit Catherine.

— Et tu peux laisser les portières ouvertes, poursuivit Laurent. Tu pars tranquille. Jamais personne n'essaiera de te piquer quelque chose !

— Les gens sont bizarres, commenta Lester.

On arriva en vue du lac de Joux, tout bleu au soleil. On aurait dit une turquoise dans l'écrin vert des prairies alentour.

— C'est beau comme dans les films, fit spontanément Catherine.

« Eh oui, songea le policier ! Cette génération a vu les images des choses avant de voir les choses. »

— Vous êtes jolie comme une vraie photo, fit-il en souriant à la jeune fille.

On s'arrêta une seconde à l'entrée d'un village, devant la terrasse d'un bistrot. Lester finit d'ouvrir la vitre, et demanda aux gens qui se trouvaient là le chemin de la clinique Adler.

— Il y a un mort, là-bas ? lui demanda un très vieux bonhomme devant une grosse chope de bière.

— Non, quelle idée ! répondit Lester avec un large sourire.

— Ils ne veulent jamais le reconnaître, mais ça dégomme sec dans leur clinique, fit le bonhomme.

C'était le genre de brave type qui dit qu'il ne dit rien mais n'en pense pas moins, ce qui donne finalement de sacrés bavards.

— On meurt là-bas comme partout, ajouta-t-il, sentencieux.

Il devait avoir dans les quatre-vingts ans, et parlait avec la sagesse que donne l'expérience.

— C'est un peu plus loin sur la route, reprit-il : vous

verrez un grand mur, du côté du lac, et puis une grande grille.

— Le nom de la clinique est indiqué ?

Le petit vieux sortit son mouchoir et cracha dedans, ce qui est la manière des Suisses de cracher par terre.

— Ouais, il y a un nom : ça s'appelle « propriété privée. Entrée interdite » !

Cinq minutes plus tard, le corbillard s'arrêtait devant la grille d'entrée de la clinique Adler.

— C'est le mur de l'Atlantique, fit Lester, considérant la hauteur et l'épaisseur de l'enceinte de part et d'autre de la grille.

On n'apercevait pas les bâtiments de la clinique, masqués par une épaisse végétation descendant jusqu'au lac.

— Souriez ! on nous tire le portrait ! fit soudain Laurent.

Lester et Catherine levèrent la tête et aperçurent à leur tour le gros œil de verre bleuté qui semblait les considérer avec condescendance du haut de la grille.

— Salut, Ducon ! fit Laurent.

Il n'y avait pas de serrure, mais un clavier à chiffres encastré dans l'un des montants de pierre du portail. La grille s'ouvrait et se refermait en glissant sur un rail. Les barreaux avaient au moins trois centimètres de diamètre : ce n'était pas le genre de décor qu'on enfonce d'un coup d'épaule.

Il n'était pas question non plus d'escalader le mur d'enceinte, parfaitement lisse, et dont le faîte se hérissait de tessons de bouteilles.

— Il ne me reste plus qu'à demander un rendez-vous, conclut Lester d'un ton désabusé.

— On peut forcer n'importe quoi, fit Laurent en haussant les épaules. Suffit d'y mettre le temps...

seulement il y a leur gadget d'enfer qui nous mate en loucedé...

— Pardon ?

— « Leur caméra qui nous surveille en douce », traduisit Catherine, qui ajouta en manière d'excuse : on s'énerve, on oublie qu'on est avec du monde, et on parle sans sous-titres.

Cependant Laurent avait sorti de sa poche un tournevis, comme d'autres y auraient pris leur mouchoir ou leurs clés, et il se mit à dévisser le boîtier du clavier pour voir ce qu'il avait dans le ventre. Ce fut fait en quelques secondes avec une dextérité merveilleuse, mais au premier coup d'œil sur l'engin le jeune homme fronça les sourcils :

— C'est mortel, ce truc, apprécia-t-il sobrement : ils ont mis une alarme. Si je débranche le code, ça va déclencher une astuce pourrie.

Et il remit en place le boîtier, avec des gestes délicats, presque cérémonieux, un peu comme on referme les boutons de corsage, respectueusement, d'une dame qui n'aurait pas tout à fait dit oui.

— S'il ne veut pas y toucher, commenta Catherine, c'est qu'on ne peut pas y toucher. Et elle ajouta sur le ton de l'admiration la plus sincère : il est flippant, ce mec, il sait forcer toutes les portes.

— Même quand elles sont grandes ouvertes, fit Laurent : l'habitude, depuis tout petit !

Il y avait peut-être un autre accès, songea le policier : les gens font blinder leur entrée : côté rue, c'est la ligne Maginot, mais côté jardin ils oublient souvent de fermer les fenêtres. On décida de ranger le corbillard un peu plus loin le long du mur, hors de portée de la caméra, et de faire ensuite le tour de la propriété en se promenant.

Au bout de vingt minutes, on arriva ainsi sur la rive du lac.

— Pour un mur, c'est un mur, apprécia Laurent.

Et ce n'était pas fini : une sorte de herse à demi immergée hérissait de ses pointes la surface de l'eau et complétait jusque sur le lac la parfaite clôture de la clinique Adler.

— Essayons de l'autre côté, dit Lester sans grande conviction.

Ils revinrent sur leurs pas, dépassèrent la grille d'entrée, marchèrent encore une dizaine de minutes, et se retrouvèrent à nouveau sur la berge du lac, à l'autre extrémité de la propriété. Une herse en protégeait l'accès de ce côté aussi.

On apercevait les bâtiments de la clinique, une belle et vaste demeure de style néo-classique, dont la pierre blanche émergeait d'entre les frondaisons. Deux hors-bord étaient amarrés à un ponton, devant la maison. Un couple de vieilles personnes en peignoir de bain se promenaient le long de la grève. L'endroit aurait pu respirer la sérénité s'il n'y avait eu ce mur de prison, tout autour, et surtout ces pointes à fleur d'eau.

Lester et ses deux jeunes acolytes n'avaient plus qu'à retourner une fois de plus sur leurs pas. L'inspecteur se résigna tout à fait à l'idée de demander rendez-vous au Dr Adler. Mais si ce qu'il commençait à entrevoir correspondait tant soit peu à la vérité, le Dr Adler n'était pas près de le recevoir et encore moins de lui parler de Mlle Pearl Inshar, sa fidèle cliente.

Comme ils arrivaient en vue de la grille, ils aperçurent un énorme camion frigorifique en train de manœuvrer pour se placer dans l'axe de l'entrée.

— Ils auront de quoi manger ce soir, observa Catherine.

Mais Lester avait une autre idée en tête, et pressa le pas pour regarder de plus près le camion.

Laurent avait également allongé le pas, ce qui faisait des enjambées considérables, et il se détacha bientôt du petit groupe. Il avait son idée, lui aussi.

Le chauffeur du camion descendit nonchalamment de son véhicule. Il n'était pas du tout habillé comme un boucher, mais faisait plutôt penser à un convoyeur de fonds avec sa casquette, son blouson bleu marine, et surtout la bizarre protubérance qui déformait la poche de son pantalon.

« Il porte un flingue ou je veux bien repasser le certificat d'études », se dit en lui-même Lester.

Le type s'approcha du montant du portail. Il allait composer le code sur le clavier quand il remarqua les trois promeneurs qui marchaient à sa rencontre, un peu vite à son gré : Laurent venait d'arriver à sa hauteur.

— Tu me filerais bien un joint, demanda innocemment le jeune homme.

— Casse-toi !

— Juste une tige, alors, même une Gauloise : je suis en manque.

Lester vit le type poser doucement la main sur le renflement de sa poche revolver. Laurent le vit également.

— Bon, ça va, fit-il, et il s'éloigna de quelques pas.

Il y avait deux autres rigolos dans la cabine du véhicule, même casquette et même blouson. Même flingue, probablement. Leur taxi devait être un trente tonnes, et si c'était du caviar, bien sûr...

Lester remarqua l'espèce de vapeur blanche qui s'échappait du toit du camion, se dissipant au contact des feuillages, au-dessus du véhicule. Il eut une impression bizarre, sans pouvoir se préciser ce qu'il ressentait.

Le type composa le code. Laurent lui tournait le dos, regardant ostensiblement sa montre. On aurait dit qu'il essayait de se la fourrer dans l'œil. Le type n'y fit pas attention et remonta dans la cabine. La grille s'effaça devant le camion, qui démarra lourdement et franchit le portail. Lester fut tenté de passer en douce derrière le véhicule : mais ç'aurait été trop risqué. Le chauffeur l'aurait sûrement aperçu dans son rétroviseur, et il possédait une arme, le policier en était maintenant certain.

Il fit néanmoins quelques pas vers la grille qui se refermait. Laurent le retint par le bras.

— Cool, fit le jeune homme. On entrera quand on voudra.

Lester le regarda, plutôt incrédule.

— « 3.0.0.4.4.5. », dit simplement le garçon.

— Tu as le code ? s'exclama Lester, tutoyant pour le coup son jeune compagnon.

— Ça y ressemble, dit celui-ci sur un ton affecté d'indifférence.

Il montra du doigt le verre de sa montre, dans lequel il avait repéré les chiffres du clavier pendant que le chauffeur du camion commandait l'ouverture de la grille.

— Si tu étais truand, fit le policier, je crois que je n'aurais pas le cœur de t'arrêter !

Catherine ne dit rien, mais posa sur son compagnon le regard langoureux de l'héroïne délivrée des griffes des pirates par Errol Flynn en personne.

Les feuillages se balançaient encore autour du portail, agités par le passage du camion. Plusieurs petites branches se cassèrent d'elles-mêmes et tombèrent aux pieds de Lester. Intrigué, le policier se pencha pour en ramasser une : il poussa un cri de surprise et de douleur. Ses compagnons médusés le virent agiter frénétiquement la main pour se débarrasser du feuillage qui lui collait aux doigts.

— Merde, alors ! fit sincèrement Laurent.

— Vous êtes tout pâle, remarqua Catherine.

Lester reprenait son souffle, et regardait la paume de sa main, marquée comme au fer rouge.

— C'est bien ce que je pensais, dit-il d'une voix sombre.

Curieux, Laurent allait ramasser à son tour l'un des rameaux tombés de l'arbre. Lester l'écarta d'une bourrade pour l'en empêcher.

— Tu veux te brûler à ton tour ?

— Me brûler ?

— Un froid de l'ordre de moins deux cents degrés, ça brûle.

— Moins deux cents degrés ? s'étonna Laurent. Mais à quoi ça leur sert ?

— Si je vous le dis, vous n'allez pas me croire.

— Vous savez, fit Catherine, on a lu des bandes dessinées.

Lester préféra pourtant garder le silence. Il avait une idée de plus en plus précise sur ce qui était arrivé à Pearl Inshar, mais il la trouvait bien trop baroque pour être dite.

CHAPITRE XII

— Je vais quand même demander un rendez-vous, décida l'inspecteur.

Laurent n'insista pas davantage, se contentant de regarder Lester, l'air déçu.

— Nous devons être prudents, ajouta celui-ci. Et puisque nous ne connaissons pas les lieux, autant nous faire offrir la visite guidée.

Laurent n'avait toujours pas l'air convaincu. Pourquoi entrer dans une maison par la porte quand on peut s'introduire par la fenêtre ou par la cheminée ?

— Mais nous aurons sûrement l'occasion de retourner là-bas, poursuivit le policier. Et alors nous nous passerons d'invitation.

Ils étaient rentrés en France pour dîner. Ce n'était pas bien loin et le cours de la frite y était beaucoup moins élevé que sur l'autre rive du Léman. Ils avaient trouvé une guinguette au bord du lac, à côté d'un camping. Il y avait des tentes, de jolies caravanes blanches, et des familles en short qui faisaient cuire leurs merguez sur la plage.

On apercevait les lumières de Lausanne, en face, de l'autre côté du lac. Le bateau poussif qui faisait la navette entre Thonon et la Suisse passa dans l'obscurité, à quelque distance de la berge, en se donnant de faux airs de vaisseau fantôme.

Il était près de minuit, et l'on commanda le dessert. Catherine demanda un banana split, mais sans banane, et avec trois boules de café au lieu du chocolat et de la fraise.

— Ça s'appelle un café liégeois, observa la serveuse.

Celle-ci revint au bout de quelques minutes, en portant les glaces ornées de petits drapeaux français et suisses, plantés sur d'invincibles sommets de crème chantilly.

Catherine fut un peu déçue par son café liégeois. Il y avait assez de chantilly, bien sûr, il y avait les trois boules de café, mais elle aurait préféré les manger dans une coupe, pas dans un verre. Elle en fit la remarque.

Laurent la traita gentiment de chieuse.

Catherine prit la mouche. Elle demanda à Lester si elle avait vraiment l'air d'une chieuse. Plutôt embarrassé, le policier pensa s'en tirer en expliquant que le qualificatif de « chieuse » faisait à son avis partie du langage amoureux.

— Je comprends pourquoi tu es célibataire ! fit Catherine.

— Il est trop, le mec ! s'esclaffa Laurent.

Lester haussa les épaules et s'alluma une Gitane. La jeune fille eut l'impression d'avoir froissé le policier. Elle aurait voulu rattraper ça : mais elle avait beau le tutoyer depuis tout à l'heure, elle ne savait pas comment s'y prendre avec un monsieur qui avait l'âge d'être son papa, même s'il ne paraissait pas avoir beaucoup grandi depuis sa dernière récréation. Elle lui proposa finalement de lui couper les cheveux.

— Et je vous ferai un rinçage bleu, précisa-t-elle.

— Un rinçage bleu ?

— Pour les cheveux gris, sur les tempes : ça fait plus classe !

Laurent avait bien donné un coup de coude à sa compagne, mais trop tard. La gaffe était faite.

— On devrait rentrer, suggéra simplement Lester : à mon âge, on ne peut plus se coucher tard.

Une demi-heure plus tard, Laurent et Catherine déposèrent l'inspecteur devant son hôtel.

— Où allez-vous maintenant ? demanda-t-il. Vous avez trouvé un camping ?

— Pour dormir au milieu des Maurices ? s'exclama la jeune fille.

Les « Maurices », ce sont les campeurs, expliqua Laurent. On dit : « Un Maurice avec son attache-caravane. » C'est une expression à nous.

— C'est tout ce qu'il y a de pire, j'imagine ?

— Bah ! il y en a tellement ! le monde n'est pour ainsi dire fait que de ça.

— Où allez-vous dormir, alors ?

— On a repéré un bon coin tout à l'heure, dit le jeune homme. Un grand jardin. C'est dans une sorte d'ambassade ou de consulat. Il y a un drapeau rouge, à la fenêtre.

— On va vous laisser entrer, vous croyez ?

— Je veux ! On entrera !

Le policier n'insista pas : ces deux-là sauraient bien se débrouiller sans ses conseils. S'ils allaient un jour à Moscou, ils planteraient leur campement dans les jardins du Kremlin.

Derrière le comptoir de la réception l'Indien avait fait place à un grand Viking roux et barbu dont le T-shirt imprimé exhibait une authentique Walkyrie, rousse également, dans le plus simple appareil et garantie grand teint. Ce type devait être un descendant d'Éric le Rouge par les femmes, les cheveux et la barbe. Quand il vit Lester prendre la clé de la chambre 412, il décolla de ses oreilles le casque de son walkman et, dans un anglais qui avait dû faire plusieurs fois le tour du monde avec le même billet, il dit au policier qu'un monsieur l'attendait dans le salon.

Lester reconnut dès le seuil le chapeau à plume et le loden : le babouin, dans son fauteuil, n'avait toujours enlevé ni l'un ni l'autre. Il tenait sur ses genoux une mallette de croco noir.

Lester vint s'asseoir face à lui sans rien dire. L'autre fit une sorte de sourire qui pendant un instant l'apparenta aux macaques plutôt qu'aux babouins. Il souleva aussi son chapeau, mais très brièvement et comme s'il avait craint de laisser s'échapper ainsi ses meilleures idées.

— Je suis chargé de vous remettre ceci, monsieur Lester, fit-il d'une voix un peu lasse de convalescent.

Il posa vivement la mallette sur les genoux du policier, comme s'il avait rêvé depuis des années de s'en débarrasser. A son poids, Lester jugea qu'elle n'était pas vide. Il attendit sagement que l'autre lui dît ce qu'il était censé en faire. Le babouin parcourut d'un air soupçonneux le salon parfaitement désert, se pencha un peu vers le policier et lui tendit une carte de visite.

— Si le contenu de cette petite valise vous intéresse, vous pourrez m'appeler à tout moment pour me le dire. S'il ne vous intéresse pas, je viendrai la reprendre.

Il observa une seconde de silence, et fixa Lester dans le blanc des yeux avant de poursuivre :

— Si par hasard vous vouliez la conserver sans que

nous nous soyons mis d'accord, je dois vous prévenir que je viendrais la reprendre tout de même.

Ce fut dit d'une voix presque imperceptible, mais on sentait qu'il valait mieux prendre au sérieux les dernières volontés de ce mourant-là.

— Je peux l'ouvrir ?

— Certainement, monsieur Lester. Elle n'est pas fermée à clé.

Le policier appuya sur les pressions de métal doré qui se trouvaient de part et d'autre de la serrure, et le couvercle se libéra. Il le souleva tout doucement, comme des cartes au poker, et il aperçut les liasses de billets qui emplissaient la mallette.

— Ce sont des dollars, précisa le babouin comme en s'excusant.

— Ce ne sont pas des tickets de blanchisserie, admit Lester.

— Il y en a cent mille.

— Pourquoi pas ? Ça fait un compte rond.

Le babouin parut satisfait de cette appréciation et se leva, rajustant bien inutilement son chapeau à plume, qui ne risquait pas d'orner de sitôt le crâne d'un autre primate à poil vert.

— Vous ne me dites pas ce que vous voulez, en échange de tous ces billets ?

Le babouin parut surpris de cette curiosité :

— Nous vous expliquerons cela demain, si vous le souhaitez.

— Vous ne reprenez pas la mallette ?

— Elle vous aidera à réfléchir.

— Mais sur quoi voulez-vous que je réfléchisse ? fit le policier avec humeur.

— Sur la fortune, monsieur Lester.

Sur ces mots, le babouin disparut pour ainsi dire par enchantement, comme le génie d'Aladin quand il retourne se vautrer dans l'huile de sa lampe. Lester n'avait pas eu le temps de trouver une réplique à la hauteur des circonstances ou des cent mille dollars de la jolie valise. Il n'avait jamais eu pareille somme sur lui. Par contre il s'était fait piquer son portefeuille plus souvent qu'à son tour.

Il pouvait attacher la mallette au poignet jusqu'au lendemain, mais il rendrait sûrement tous ces dollars : c'était beaucoup trop d'argent pour lui, même si par extraordinaire on lui offrait un moyen honnête de le gagner. Pourtant il aurait bien aimé garder la mallette de croco. C'était un beau bagage.

CHAPITRE XIII

La carte de visite portait le nom de Cornélius Canthigaster, ce qui valait une appellation contrôlée : on n'invente pas un nom pareil ! C'était plutôt aux parents à ne pas commencer ! Mais quand on a dû aller pendant douze ans à l'école après une aussi grosse boulette, on a quelque excuse à s'affubler ensuite d'un chapeau à plume et d'un loden jusqu'en plein été.

Le policier attendit neuf heures du matin pour appeler le numéro figurant sur la carte de visite. Une voix féminine, s'étant enquise avec sollicitude de l'identité du correspondant, le renvoya aux bons soins d'une seconde voix féminine, qui voulut connaître en outre l'objet de son appel :

— C'est personnel, fit le policier avec une certaine impatience. M. Canthigaster lui-même m'a demandé de le joindre.

— Je vais voir, monsieur.

Elle alla voir si Lester n'était pas un menteur, et revint après une minute pour lui dire que « M. Cornélius » était pour le moment en conférence, mais qu'il l'attendrait à partir de onze heures à l'adresse qu'il lui avait donnée.

Ainsi le babouin était un important personnage,

bardé de standardistes suaves et de secrétaires pleines de prudence. Le nom et le chapeau allaient très bien ensemble, et pourquoi pas avec une mallette bourrée de dollars, qui ne faisait qu'une incongruité de plus ! Mais tout cela n'allait plus avec un standard, un secrétariat, des employés payés au mois.

Le policier trouva Laurent et Catherine en train de l'attendre devant le comptoir de la réception. L'Indien devait expliquer aux deux jeunes gens un nouveau tour de Kâma-sûtra, en tout cas il avait l'œil égrillard et tout le monde semblait bien rigoler.

— Vous avez bien dormi ? demanda Lester.

— Pas des masses, avoua Laurent. Ils nous ont réveillés à quatre heures du matin avec des flingues, des talkies-walkies et tout le tremblement. On était chez les Ruskofs, il paraît. Ils nous ont interrogés jusqu'au matin. Ils voulaient savoir qui on était. On leur a dit qu'on était nous, évidemment, et personne d'autre, mais ça leur a bien pris trois heures pour piger.

— C'est la bureaucratie, expliqua Lester. Vous n'êtes pas vous si vous n'avez pas un laissez-passer... mais dans les autres ambassades les flingues auraient été seulement de calibre différent.

— On a failli se tirer en catastrophe, dit Catherine. Mais on n'a pas eu le temps.

— Heureusement ! votre camping-car serait redevenu un corbillard, et j'en ai besoin aujourd'hui.

— On retournera à la clinique ? demanda Laurent.

— Pas tout de suite : je dois d'abord porter ceci à une trentaine de kilomètres d'ici, sur le bord du lac.

Il montra la mallette.

— Hé l'autre ! fit Catherine. On dirait du vrai croco !

— C'est du vrai croco, confirma le policier. Il y a même des dents pointues à l'intérieur.

A dix heures on s'arrêta dans le village de Coppet, à la sortie duquel se trouvait la villa « Bon Repos » où devait se rendre Lester. On prit un solide petit déjeuner, en perspective des émotions qu'on ne manquerait pas de vivre dès ce début de journée. Lester dit qu'il trouvait le village très beau, avec ses petites maisons d'opérette aux balcons soigneusement fleuris. Ça lui rappelait un peu « L'Auberge du cheval blanc » qu'il avait vue représentée au Châtelet, tout enfant. Laurent et Catherine, au contraire, jugèrent le paysage particulièrement ringard. Ils avaient conscience de vivre un authentique roman policier, mais l'histoire aurait dû se passer selon eux dans le Bronx, ou du côté de Bel Air, près de Los Angeles.

— Vous connaissez ces endroits ? demanda Lester, étonné.

— Tu parles si on connaît, fit Laurent : on a lu !

Vers onze heures moins le quart on décida de s'en aller. Lester avait oublié de changer de l'argent et ne possédait que des francs français, que le patron de l'établissement refusa de façon péremptoire.

— C'est plein d'air, votre monnaie, expliqua-t-il. Ça donne des ballonnements.

Quant à Laurent et Catherine, ils n'avaient pas un rond pratiquement depuis leur naissance.

Lester se résolut à écorner de dix dollars le magot de la mallette, qu'il ouvrit sous les regards médusés de Laurent, de Catherine, et surtout du limonadier.

— Ça ira ? C'est assez lourd comme monnaie ?

Sans se démonter, le Vaudois examina le billet en transparence avant de se prononcer.

— Ça ira très bien, fit-il à la fin, de cette voix qui danse vaguement la valse à la manière d'un ours.

— Gardez la monnaie, siffla l'inspecteur, méprisant !

— Il n'y en a pas, répondit l'ours.

La villa « Bon Repos » était une grande bâtisse de couleur ocre, dans le style italien, au milieu d'un parc planté d'ifs et de cyprès, admirablement entretenu. Le corbillard s'arrêta devant la grille d'entrée. Lester se pencha par l'ouverture de la vitre pour dire son nom dans l'interphone. Les battants de la grille s'écartèrent et le corbillard s'engagea dans l'allée gravillonnée, toute droite et quelque peu solennelle, menant à la villa.

L'inspecteur descendit le premier, sa mallette sous le bras. Une jeune femme plutôt jolie, en tailleur de soie imprimée, vint l'accueillir sur le petit perron. Mais au lieu de l'introduire dans le vestibule, elle le conduisit de l'autre côté de la maison, où un superbe gazon descendait en pente douce jusqu'à la berge du lac. Elle invita M. Lester à s'installer sur l'un des fauteuils entourant la table de pierre où des boissons et des verres étaient déjà disposés.

— M. Cornélius va venir vous chercher. Servez-vous en l'attendant, fit-elle en désignant les jus de fruits et les apéritifs.

Puis elle gagna la terrasse qui bordait la façade de la maison, et disparut par l'une des portes vitrées. Elle ne semblait pas avoir remarqué Laurent et Catherine. Lester, la regardant s'éloigner, jugea qu'elle avait une tournure, sous sa jupe bien convenable, à être la secrétaire d'un important personnage et à ne commencer à voir les gens que très au-dessus de n'importe quel salaire syndical.

La vue sur le lac était somptueuse. Malgré une brume de chaleur, on apercevait les sommets encore enneigés, dans le lointain. Lester trouvait que c'était quand même mieux d'avoir ça devant ses fenêtres que l'immeuble d'en face, avec un Prisunic et le grand garage Truchot. Mais comment fallait-il s'y prendre pour l'obtenir ? Pendant une seconde il eut envie d'accepter la mallette bourrée de fric, et puis il chassa cette « vilaine pensée », comme disait jadis sa maman, même s'il se rendait compte qu'à force de mettre les menottes à ses vilaines pensées, il avait gagné tout juste de quoi payer le propriétaire, les impôts, la Sécurité sociale, et une concession perpétuelle au cimetière.

La pelouse s'étendait jusqu'à la berge comme une moquette. Un vieil homme en salopette arriva tout doucement de derrière la maison, traînant une tondeuse. Il paraissait avoir l'éternité devant lui, et s'arrêta une première fois au bord de la pelouse, levant le nez comme pour prendre le vent. Ce vieux travailleur devait pourtant savoir qu'elle ne marchait pas à la voile, sa tondeuse.

En fait elle ne marchait pas du tout, et il ne put en tirer que deux ou trois toussotements. Lester se dit qu'on aurait dû les mettre à la retraite depuis longtemps, le type et sa machine.

Laurent se leva, toujours prêt à résoudre les problèmes mécaniques de son prochain. Catherine le suivit, sans doute par habitude. L'inspecteur les suivit tous les deux, sa mallette à la main, par désœuvrement. Ils arrivèrent tous les trois auprès du vieux jardinier. Laurent s'accroupit pour ausculter le moteur.

— Un jour il marche, un jour il s'arrête, fit le type, qui avait l'air au fond de s'en foutre.

Lester lui trouva un bizarre accent anglais. Laurent avait déjà dévissé la bougie et l'examinait, l'air aussi dégoûté que si elle avait grouillé de morpions.

— C'est un peu encrassé, hein ? fit le jardinier.

Toujours accroupi, Laurent leva la tête, et demanda :

« C'est votre arrière-grand-père qui a nettoyé ça, la dernière fois ?

— Mon arrière-grand-père pillait les banques, fit l'autre. On l'a pendu. Mais c'était quand même un brave type. »

Laurent ne pouvait pas prévoir que le vieux toqué ne demandait qu'à parler de ses aïeux.

— Mon grand-père a eu plus de chance, reprit-il. On ne l'a pas pendu. Mon père non plus, on ne l'a pas pendu.

— C'est un beau jardin, fit Lester pour changer de conversation.

— On ne voit plus les choses, à force... on ne voit plus rien.

— Possible. J'aimerais quand même bien avoir une propriété comme celle-là.

— C'est le plus dur.

— Je m'en doutais.

— Non, fit le type en se reprenant. Le plus dur, c'est le premier million de dollars... le tout premier !

Laurent n'écoutait plus. Il nettoyait le moteur de la tondeuse. Les types comme ça, ça vous prend la tête : il ne faut pas écouter leurs conneries ou tu fais un malheur. Et le jardinier débloquait de plus belle :

— Quand vous avez cent millions de dollars, dit-il en soupirant, ça devient beaucoup plus facile. Vous pouvez accumuler toutes les gaffes possibles et imaginables sans cesser de gagner de l'argent.

— On doit s'ennuyer, fit Lester.

— Oui, un peu.

Laurent se releva :

— Elle est réparée, ta moto !

Il tira le fil du démarreur, d'un coup sec, et le moteur partit comme il ne l'avait plus fait depuis vingt ans.

Le visage du type s'illumina comme s'il avait découvert du même coup le paysage, le lac, les montagnes, qu'il ne voyait plus depuis le même temps. Il fouilla dans les poches de sa salopette, sortant tour à tour une clé, un mètre de couturière, une boîte de cachous, un énorme cigare à moitié fumé, un mouchoir pas très propre, et finalement une grosse boule de papier chiffonné.

C'était du fric : ça devait lui venir de l'arrière-grand-père qui pillait les banques. Il tira l'un des billets agglomérés dans la boule, le défroissa soigneusement, et le tendit à Laurent.

— C'est quoi, ça ? fit le garçon, à peine plus éberlué que si la tondeuse s'était mise à dire l'heure.

— C'est un billet de cent dollars, nota simplement l'inspecteur.

Le bonhomme s'éloigna d'un bon pas derrière l'engin pétaradant. Il avait rajeuni. Lester et les deux jeunes gens se consultèrent du regard, et renoncèrent d'un commun accord à tout commentaire.

Ils regagnaient leur fauteuil quand le babouin apparut sur la terrasse : il ne portait ni chapeau ni loden, mais le tailleur qui avait coupé son costume devait être mort ou à la retraite depuis au moins trente ans.

Lester laissa Laurent et Catherine, et suivit le petit homme à travers une enfilade de salons où les dorures, les bronzes précieux, le marbre, s'exposaient avec goût, sans ostentation, mais plutôt par une sorte de nécessité naturelle, comme la sécheresse et la famine s'étalent sur certains pays d'Afrique : il faut de tout pour faire un monde.

Ils arrivèrent dans une pièce aménagée en bibliothèque, et le babouin invita Lester à s'asseoir à côté de lui près d'une petite cheminée de bois peint. Il laissa son visiteur admirer en silence le bureau Mazarin, les fauteuils tapissés au point de Hongrie, les deux candélabres d'argent que Louis XIV avait oublié de faire fondre en menue monnaie, et le joli tableau dans le goût romantique ornant le trumeau...

— « Corot », commenta d'une voix lasse le petit homme : il y avait un miroir, autrefois. Il a été brisé par accident.

— Sans doute trop cher à remplacer, fit Lester sur un ton d'ironie.

— Pas exactement, répliqua l'autre, avec cette sobriété que donne seulement l'habitude, ou du moins le voisinage d'une immense fortune.

Lester ouvrit la mallette posée sur ses genoux, et dit, s'efforçant d'atteindre à la même simplicité :

— Je vois que vos dollars ont un bel arbre généalogique.

— Ce ne sont pas mes dollars. Ce n'est pas non plus ma maison, fit le babouin en esquissant de la main un geste d'indifférence. Vous êtes chez M. Henry Blake... Hermann Muller vous a certainement parlé de lui.

Lester acquiesça de la tête.

— Muller dirige la Fiduciaire d'Europe du Nord, reprit l'autre, et à ce titre il est l'employé de M. Blake, comme moi-même, et comme pas mal d'autres gens dans le monde.

Il se tut pendant quelques secondes, laissant à Lester tout le temps d'apprécier, puis il précisa :

— M. Blake fait vivre aujourd'hui plus de cent mille personnes, je pense.

— Il était temps, avec la crise !

Le babouin eut un imperceptible mouvement de recul : il ne devait pas beaucoup aimer les plaisanteries en général, et particulièrement les plaisanteries sur le fric de son M. Blake. Lester prit un air pénétré pour se faire pardonner.

— M. Blake m'a engagé il y a trente-cinq ans, reprit le babouin, pour m'occuper... de sa personne.

Lester haussa légèrement les sourcils ; un imperceptible sourire dut s'esquisser sur ses lèvres : tout commençait à s'éclairer, le loden, le chapeau à plume, le costume désuet : depuis trente-cinq ans, M. Canthigaster était le valet du milliardaire.

— Pendant quelques mois, reprit l'autre, j'ai choisi chaque matin la cravate et la pochette de M. Blake. J'ai choisi ensuite les personnes qu'il invitait à dîner.

Il s'interrompit à nouveau. Il aimait décidément préparer ses effets :

— Depuis un certain temps, reprit-il, je choisis également ses principaux collaborateurs.

Il désigna la mallette d'un geste sobre, encore une fois : Lester n'avait encore jamais pratiqué ce genre de personnage, mais il sentait que la sobriété, cette simplicité presque insultante pour les autres, ce regard vaguement condescendant, cette gouaille subtile et parfaitement maîtrisée dans la voix devaient être l'apanage des anciennes fonctions de M. Cornélius Canthigaster : celles d'un valet de chambre « stylé », d'un domestique de grande maison.

Le regard du policier s'éleva lentement des liasses de billets de la mallette au visage de son interlocuteur : lui aussi, aimait bien préparer ses effets :

— Et vous aimeriez que je devienne à mon tour l'un des collaborateurs de M. Blake.

— Oui, monsieur Lester.

— Est-ce que vous suivez dans la rue toutes les personnes que vous engagez ?

— Je préfère toujours me rendre compte par moi-même, expliqua l'autre, sans consentir à relever l'ironie.

— Et alors ?

— Alors... votre parcours m'a paru tout à fait intéressant, du bureau de M. Muller à l'appartement de Marcel Magne, et de celui-ci au cabinet du Dr Rothmann, puis à la clinique du Dr Adler.

— Vous oubliez le restaurant : est-ce que j'ai bien choisi le restaurant ?

L'inspecteur avait horreur d'être jugé sur ses qualités professionnelles par un amateur.

M. Canthigaster se leva, parut oublier Lester, et se planta face à l'une des fenêtres comme pour admirer la vue sur le lac :

— Combien gagnez-vous par mois, monsieur Lester ? Quinze mille francs, ou moins ?

— Moins.

Cornélius Canthigaster tournait le dos au policier : ses propositions étaient à prendre ou à laisser. On ne marchande pas en regardant par la fenêtre :

— Que diriez-vous, reprit-il, si on changeait vos francs en dollars ?

— A quel taux ?

— Un dollar pour un franc, fit Canthigaster en se retournant.

Il alla se rasseoir, non plus auprès de Lester mais derrière le bureau Mazarin. Le policier comprit qu'il avait maintenant affaire à un babouin patron.

— Votre tâche sera délicate, reprit celui-ci, et justifiera votre salaire. Une entreprise comme celle de M. Blake emploie directement des milliers de personnes. Il y a des rivalités, des luttes intestines... et quelquefois de petites irrégularités. Nous devons surveiller tout cela de très près.

— Je comprends, fit Lester, qui était prêt à tout admettre tant que l'autre ne lui demanderait pas son opinion.

— Nous n'avons pas apprécié ce qui vient d'arriver à M. Marcel Magne.

Le petit bonhomme au loden disait « nous », comme les rois ou les empereurs : il était la voix, le bras, et la pensée de M. Blake. Il signait sans doute les chèques. Il gouvernait.

Mais pendant toute une journée il avait suivi Lester dans les rues de Genève et il n'avait pas cru perdre son temps, lui qui dirigeait plusieurs milliers de personnes, au moins par procuration. M. Canthigaster, devenu empereur, était resté un valet, un maître d'hôtel pour qui le nœud de cravate et le pli du pantalon, mieux encore que les milliards, font l'homme. Et ce maître d'hôtel voulait une police pour surveiller ses gens !

Lester posa la mallette contre un pied du fauteuil, se leva, et alla se planter à son tour face à la fenêtre, l'air de réfléchir, bien sûr, mais non sans tourner le dos, à son tour, à son interlocuteur. Celui-ci reprit :

— Le cas de M. Magne vous intéresse n'est-ce pas ?

— Moins que celui de Mlle Pearl Inshar, sa maîtresse.

Le babouin eut un petit rire :

— Vous en savez déjà long, je vois.

Lester se retourna sans quitter la fenêtre, et dévisagea Cornélius Canthigaster.

— J'ai mon idée, en effet.

— Eh bien ?

— Je la garde pour moi... si vous le permettez.

Le babouin posa le menton sur ses mains jointes, et fixa les rayonnages de livres, face à lui, comme en cherchant des yeux un volume. Après un moment il se souvint de Lester et de ce qu'il avait à lui dire, mais cette conversation, au fond, l'ennuyait de plus en plus.

— J'espérais que ma proposition vous intéresserait, fit-il. Cent mille dollars, tout de même...

Il laissa tomber les avant-bras sur le plateau de bois précieux du bureau, comme si ses boutons de manchettes, décidément, avaient été trop lourds pour lui. Comme l'inspecteur ne répondait pas, il reprit :

— Mais pour qui travaillez-vous donc, monsieur Lester ? Vous n'avez aucun mandat pour enquêter sur cette affaire : si vous prouviez que Magne a été assassiné par le pape lui-même, vous n'intéresseriez personne !

Lester quitta la fenêtre, tira un fauteuil jusqu'au bureau Mazarin, et s'assit face au babouin.

— Souhaitez-vous me payer pour que je trouve les meurtriers de Marcel Magne, ou m'offrez-vous tout cet argent pour que je ne les découvre pas ?

Le babouin s'écarta de Lester, lui abandonnant sa propre moitié de bureau pour s'appuyer contre le dossier du fauteuil. Il ne pouvait pas s'éloigner davantage, et le policier sentit que l'ancien majordome détestait le contact, ou seulement la proximité physique de ses semblables.

— Nous voulons que vous fassiez toute la lumière sur cette affaire, monsieur Lester, mais exclusivement pour notre compte.

— Et vous en ferez ce que vous voudrez, bien sûr !

— Nous savons balayer devant notre porte !

Lester se leva lentement, et quitta le bureau pour gagner à nouveau la fenêtre. Le regard du babouin le gênait pour réfléchir. C'était le regard d'un individu parfaitement capable de tuer : peut-être pas en appuyant sur la gâchette, mais en décrochant le téléphone pour donner les ordres. Pendant une seconde, le policier eut l'idée bizarre que cet homme aurait très bien pu le payer pour découvrir des assassins qu'il aurait lui-même commandités.

— Je terminerai seul cette enquête, fit Lester. Je n'ai pas besoin de votre valise de dollars.

— Vous avez tort. Pas seulement pour l'argent : j'aurais pu vous expliquer ici même, en quelques minutes, ce que toutes les polices du monde n'ont aucune chance de jamais découvrir.

Lester se retourna :

— Si vous en savez déjà plus que moi, pourquoi m'engagez-vous ?

— Pour apprendre ce que j'ignore encore, monsieur Lester, et que je vous crois capable de découvrir... mais pas sans mon aide.

Moins de cinq minutes plus tard, le policier se retrouva sur la terrasse, seul, sans la moindre valise de dollars mais nanti d'un sérieux suspect : Cornélius Canthigaster savait beaucoup de choses. Il était certainement prêt à les dire, contre le silence du policier. Il était prêt à ajouter cent mille dollars à ces largesses : tout cela faisait un trop bon prix de la part d'un homme qui aurait eu la conscience tout à fait tranquille.

Laurent et Catherine ne se trouvaient plus devant la maison. Lester descendit vers la berge, pressant progressivement le pas et gagné sans trop savoir pourquoi par le sentiment que les deux jeunes gens étaient en danger.

Ils l'étaient en effet.

Le policier les trouva sur le gazon, derrière un buisson.

Ils jouaient au poker.

Le jardinier venait de reprendre à Laurent ses cent dollars, plus la moitié du prix du camping-car, évalué à cinq mille dollars.

— Je peux jouer aussi ? demanda le policier en s'asseyant.

Le jardinier n'était pas contre, et donna cinquante dollars à Lester en échange de sa montre, pour faire sa première cave.

— D'accord pour une « passionnata » ? demanda Lester au jardinier.

Celui-ci eut un petit rire :

— Vous n'allez pas tenir plus de trente secondes.

— C'est ce que nous allons voir !

Le camping-car fut racheté en quatre donnes. Lester jugea plus sage de laisser ses cent dollars au jardinier, et se leva en disant :

— On rentre à la maison, les enfants.

Laurent et Catherine se levèrent à leur tour, regardant le policier, médusés.

— Hé l'autre, hé l'autre, commenta le garçon.

Le jardinier se leva avec difficulté : il n'avait rien perdu, il avait même récupéré son pourboire, mais ça lui donnait un coup de vieux de ne pas avoir plumé les deux galopins. Beau joueur, il voulut tout de même serrer la main de son vainqueur :

— « Robert Lester », dit ce dernier.

— Cornélius m'a parlé de vous... vous êtes le policier qu'il m'a demandé d'engager, n'est-ce pas ?

Lester sentit sur sa paume la main calleuse du jardinier.

— Enchanté ! fit encore celui-ci. Enchanté de vous connaître... mon nom est Henry Blake.

— Henry Blake ? répéta stupidement le policier.

CHAPITRE XIV

La jeune femme en tailleur de soie venait de poser le courrier sur la table de pierre. Lester la suivit du regard comme elle rentrait dans la maison : c'était une de ces femmes qu'on regarde seulement s'éloigner. Elles ne sont jamais si provocantes que vues de dos : des jambes et une croupe en train de disparaître, inaccessibles, derrière une porte, au détour d'un trottoir, au bras d'un autre homme. Des femmes de rêve ! Vous vous réveillez toujours quand vous croyez les toucher.

Henry Blake tria tout de suite son courrier, posant d'un côté les lettres d'affaires, de l'autre les prospectus publicitaires. Ces derniers seuls l'intéressaient. Le reste était le travail de ce vieux Cornélius.

— Alors, vous n'avez pas voulu de mes cent mille dollars, reprit-il... regardez tout ce qu'on peut acheter avec cent mille dollars !

Il tendit à Lester les prospectus qu'il venait de déplier : il y avait des montres, des machines à laver, un nouveau modèle de voiture...

— Ça ne vous tente pas ?

Il ajouta en haussant les épaules :

— Moi non plus, ça ne me tente plus. Depuis très

longtemps. Je regarde seulement les images. C'est ma pornographie.

Il fixa Laurent et Catherine avec une espèce de curiosité attendrie, comme deux nourrissons qu'on aurait déposés sur le pas de sa porte, et il dit dans un soupir :

— C'est difficile, de désirer... ce qu'il y a de bien avec le gazon, c'est que ça repousse toujours : on n'en vient pas à bout.

Puis il ajouta, levant vaguement les mains dans un geste de découragement :

— Mais il faut arroser pour que ça repousse. Il faut mettre de l'engrais. Il faut aérer la terre. J'emploie deux personnes rien que pour cette pelouse. Vous n'imaginez pas le travail, avant que je puisse tondre !

— Il faut sûrement du travail, acquiesça Lester, pour en arriver où vous êtes.

— Toute une vie, monsieur.

— Mais maintenant vous pouvez acheter des kilomètres carrés de gazon.

— Des pays entiers, si je veux. Rien que du gazon. C'est ma récompense.

A entendre le ton de sa voix, pourtant, il n'avait pas l'air convaincu de son bonheur. Mais de quoi un milliardaire en dollars pouvait-il être convaincu ?

Cette sorte de personnage n'avait rien à cacher à un policier. Pour ses premiers millions de dollars, il bénéficiait de la prescription, et pour les autres il avait de quoi s'acheter le policier, et au besoin le ministre du policier. Mais si M. Henry Blake était homme à répondre à tout ce qu'on pouvait imaginer, nul n'aurait su deviner précisément quelles questions lui poser. Au hasard, Lester demanda :

— Connaissez-vous le Dr Adler ?

L'autre parut chercher dans ses souvenirs : il

connaissait tant de monde, et le monde était tellement insignifiant ! Après un moment il parut se rappeler, mais on sentait qu'il pouvait aussi bien se tromper. De toute façon cela n'avait aucune importance :

— Adler... Adler..., répéta-t-il à deux ou trois reprises, puis : c'est ce vieux charlatan qui vous promet l'éternité, n'est-ce pas ?

— Il dirige une clinique, pas très loin d'ici.

— Ah oui ! Je crois bien qu'elle m'appartient, cette clinique... vous n'avez pas demandé à Cornélius ? Il doit le savoir, lui.

Il n'avait pas l'air bien méchant, ce M. Blake : un petit vieux un peu trop gâté, qui n'avait plus fait depuis longtemps le compte de ses joujoux.

— C'est vrai que votre grand-père s'est fait pendre ? demanda Laurent.

— Mon arrière-grand-père, rectifia le milliardaire. Mon grand-père, lui, a seulement fait de la prison. Nous avons toujours cherché à gagner de l'argent, dans notre famille, mais il nous a fallu quatre générations pour réussir.

Il eut un petit rire qui ressemblait à un toussotement :

— Il en faut, des efforts, pour arriver à posséder ce gazon !

— J'aimerais beaucoup rencontrer le Dr Adler, dit l'inspecteur.

— Demandez à Cornélius : il vous arrangera un rendez-vous.

— Je ne crois pas : j'ai refusé ses cent mille dollars.

Henry Blake eut de nouveau ce petit rire, comme une porte qui grince :

— Il est très susceptible, ce vieux Cornélius. Je n'ose pas lui dire tout ce que je pense, vous vous rendez compte ?

La porte n'en finissait pas de s'ouvrir, de se fermer sur ses gonds mal graissés.

— C'est pour cela que je le garde à mon service depuis si longtemps : c'est parce qu'il me fait un peu peur. Personne d'autre n'y arrive! Même avec un flingue, vous ne pourriez pas me faire peur : je m'en fous, de mourir!

Il s'aperçut soudain qu'il rigolait, et il s'arrêta, interloqué.

— Vous avez entendu? fit-il au policier d'une voix presque inquiète.

— Oui, vous avez ri... je suis sûr qu'en s'y prenant bien on pourrait aussi vous flanquer la trouille.

— Vous croyez? fit l'autre.

Il était prêt à offrir encore cent mille dollars, pour voir. C'était un malheureux, avec son empire et son gazon! Ça devait faire un bon demi-siècle que plus personne n'aurait osé lui flanquer une baffe. Il avait probablement payé des femmes, pour le faire. De très belles filles vêtues de simples lanières de cuir. Mais ce n'est pas la même chose quand on paye. Surtout pour un homme à qui tout, désormais, est interdit s'il ne l'achète pas.

Vers trois heures de l'après-midi, Lester, Laurent et Catherine se retrouvèrent devant la grille de la clinique Adler. M. Henri Blake en personne avait téléphoné.

Laurent n'était pas d'accord :

— Pourquoi se faire ouvrir, protestait-il, puisqu'on peut entrer comme on veut?

C'était contre ses principes, contre sa nature, contre sa morale! Si un jour il se faisait faire élire — pourquoi pas? — président de la République, il entrerait à l'Élysée par la fenêtre, ou par les sous-sols, ou par le toit, mais jamais par la porte, et il dirigerait le pays avec un passe-partout, ce qui n'est pas la façon jusqu'à présent la plus malhonnête de gouverner.

Lester avait à peine eu le temps de descendre du camping-car que la grille s'effaça comme d'elle-même : la caméra de télévision, au-dessus de lui, surveillait les alentours en permanence, et le policier s'avisa qu'on avait déjà dû les examiner à loisir, la veille, peut-être même les écouter pendant qu'ils formaient des plans pour s'introduire dans les lieux.

Le camping-car franchit la grille, et suivit l'allée qui s'enfonçait sous d'épaisses frondaisons. Après une minute les arbres s'espacèrent, laissant apercevoir les bâtiments du sanatorium, au bord d'une pelouse qui aurait fait crever d'envie le vieil Henry Blake s'il l'avait vue, et surtout s'il ne l'avait déjà possédée comme tout le reste de la clinique. Deux douzaines, peut-être, de chaises longues faisaient sur le gazon une floraison clairsemée d'une très curieuse espèce pourvue de pétales à rayures. Quelques-unes seulement de ces chaises longues étaient occupées. Les gens qui se trouvaient là semblaient se morfondre comme si on les avait oubliés depuis un demi-siècle, ce qui était fâcheux vu que nul ne devait être âgé de beaucoup plus du double.

— Ah, les ruines ! ne put s'empêcher d'apprécier Laurent.

Une dame ni plus ni moins vieille que les autres, le visage récupéré sans doute dans une corbeille à papiers, se redressa légèrement pour regarder la voiture qui passait, et vit un corbillard. Elle retomba et parut se perdre dans la toile de sa chaise longue. En fait elle avait dû s'évanouir.

D'ailleurs, deux types en blouse blanche firent irruption dans le même instant sur le perron : l'un courut secourir la vieille, l'autre se précipita au-devant du camping-car, l'air tout à fait capable d'arrêter en plein galop un cheval emballé. Laurent freina.

— Allez flanquer ce machin dans le bois ! vociféra l'homme en blouse blanche.

— « Cachez ce sein que je ne saurais voir », persifla Lester à voix basse, tandis que Laurent commençait la manœuvre pour aller flanquer son machin comme on le lui avait ordonné.

— On ne meurt pas ici, expliqua le Dr Ayayac, du ton de la vertu outragée.

— Il n'y a que les pneus sans chambre qui ne crèvent pas, fit Laurent, et encore...

On courait au malentendu grave. Les trois rigolos qui venaient de débarquer n'avaient jamais entendu parler de la clinique Adler où l'on ne meurt jamais. Et en plus ils s'amenaient en corbillard ! C'était l'incongruité majeure, l'arme absolue de l'insolence, l'escalade tragique du je-m'en-foutisme, du laisser-aller, du congé payé dévalant chez les milliardaires censément vaccinés contre le reste du monde.

— Non, monsieur. Ici on ne meurt pas, reprit de plus belle le Dr Ayayac.

— On se retient ! persifla de plus belle le grand mal élevé qui s'appelait Laurent.

Celui-ci et la petite grue qui l'accompagnait furent invités à se promener le plus discrètement possible dans le bois pendant que le Dr Ayayac parlerait de choses sérieuses avec l'inspecteur.

Les deux jeunes gens s'en allèrent donc vers les arbres, tandis que le docteur et le policier entraient dans le hall de la clinique. Les petits vieux et les petites vieilles qui gisaient sur leurs chaises longues continuèrent bravement à se retenir de mourir. Plusieurs parvinrent à relever un peu la tête pour suivre du regard le jeune couple qui s'éloignait. Ils devaient trouver que c'étaient une jolie fille et un joli garçon car il y avait une petite lueur dans leurs yeux : une lueur de désir. Ils les auraient bien examinés de plus près, ces vrais jeunes gens en chair et en os : lui, si naturel dans son jean un peu crade ! Elle, moulée à ravir dans son short et son corsage de Prisunic : voilà des années que les vieux de la clinique n'en avaient vu qu'à la télé, de ces braves petits de tous les jours !

— Le professeur Adler est absent, fit le Dr Ayayac. Il est à l'étranger, en voyage privé. Mais je peux répondre à sa place à vos questions.

Ils finirent de traverser le hall. Le docteur laissa Lester devant la porte de l'ascenseur pour aller saluer une centenaire qui avait entrepris la traversée du hall dans l'autre sens, et qui semblait avoir à peu près autant de chances d'arriver à bon port qu'une pile d'assiettes lâchée dans un escalier.

La centenaire s'arrêta. Lester se demanda si le château de cartes allait s'effondrer. Mais la vieille offrit seulement au docteur une main tremblante et couverte de diamants. Celui-ci remit bien vite la main et les diamants à leur place, par honnêteté, après les avoir galamment effleurés des lèvres. Il n'avait pas exactement l'air d'un voleur, le Dr Ayayac. S'il avait été de plus grande taille, si son nez n'avait pas été si long et d'une courbe passablement capricieuse, s'il n'avait eu les yeux légèrement exorbités, Lester l'aurait bien vu dans le rôle d'un gigolo : la courtoisie du geste et de l'allure était parfaite, mais sans élégance. Cela sentait son professionnel du baisemain, le petit monsieur qui attend son heure au bar en lorgnant la piste de danse et en soupesant du regard les colliers de perles, les émeraudes et les rubis des dames qui doivent avoir le double de son âge.

Il rejoignit Lester comme l'ascenseur arrivait. La taille impressionnante de la cabine indiquait que certains clients de la clinique devaient bien quelquefois s'en aller les pieds devant.

— Je croyais que le Dr Adler faisait surtout de la chirurgie esthétique, dit Lester.

— Autrefois, oui. Mais depuis quelques années, il ne s'occupe plus que des personnes âgées. Il a mis au point une méthode inédite pour lutter contre le vieillissement... En fait il a toujours travaillé sur ce problème. La chirurgie esthétique n'a été pour lui qu'un moyen, disons, de financer ses recherches.

— M. Henry Blake a dû l'aider, je suppose.

Le Dr Ayayac eut un imperceptible mouvement de recul. Il n'avait pas l'air d'aimer qu'on lui parlât de ce milliardaire-là. Il invita Lester à passer devant lui pour sortir de l'ascenseur.

— M. Blake possède des intérêts dans notre clinique, reconnut-il, par le truchement d'un de ses holdings. Mais pour ses recherches, le Pr Adler a toujours tenu à rester indépendant.

Le bureau du docteur se trouvait au bout du couloir. Les murs laqués de blanc miroitaient sous la lumière fluorescente du plafond. Le sol était couvert d'un simple linoléum. Lester trouva le décor plutôt austère, pour un établissement où l'aspirine devait être la plus chère du monde. Le docteur passa soudain devant lui pour fermer une porte. Le policier eut le temps d'apercevoir l'intérieur de la chambre, dans l'entrebâillement, et la tente à oxygène déployée autour du lit : tout ne semblait pas aller pour le mieux chez le Pr Adler.

Le docteur sortit son trousseau de clés, et ouvrit la

porte de son bureau : les petits vieux de la clinique devaient lâcher beaucoup de fric, mais tout de même pas assez, nota Lester, pour fourrer leur nez partout.

— Asseyez-vous, fit Ayayac.

Il alla relever le store vénitien qui couvrait la fenêtre. La pièce aux murs laqués de blanc comme le reste de l'étage s'emplit d'une lumière éblouissante.

Lester en avait vu, des bureaux, depuis le début de son enquête ! des grands et des plus petits, des fonctionnels et surtout des luxueux. Et dans chacun de ces bureaux, un bonhomme dans le même style que son mobilier : il en avait subi, le malheureux policier, du tape-à-l'œil et du « voyez-ma-réussite » ! A le dégoûter pour longtemps de ses semblables ! Décidément, il appréciait de plus en plus le corbillard sans façon de ses nouveaux amis. Il se sentait du même bord qu'eux et pourquoi pas du côté des petits délinquants, tellement il en avait marre de visiter les magnifiques bureaux des grands criminels !

Le Dr Ayayac faisait dans l'austère, dans le métal chromé, dans le futuriste, dans le décor de miroirs et de verre. On se sentait aussi à l'aise chez lui qu'une mouche tombée dans un verre de gin au milieu des glaçons. Il s'assit aux commandes de son splendide bureau tout hérissé de téléphones, et considéra Lester, l'air, déjà, de chronométrer l'entretien :

— Vous enquêtez sur la mort d'une de nos anciennes patientes, n'est-ce pas ?

— Mlle Pearl Inshar, confirma l'inspecteur.

Le babouin avait prévenu la clinique : non seulement on attendait le policier, mais on savait l'objet de sa visite, et le dossier de la jeune femme se trouvait déjà sur le bureau du Dr Ayayac. Celui-ci se mit à feuilleter silencieusement le contenu de la chemise, le front soucieux, l'œil médical et le geste plein de mesure. Il affecta de s'arrêter plus longuement sur la dernière feuille du dossier, puis il releva les yeux vers le policier comme s'il s'était soudain ressouvenu de sa présence :

— Le Pr Adler a suivi personnellement le cas de Mlle Inshar pendant plusieurs années...

— Le cas de Mlle Inshar ? répéta Lester, intrigué.

— Mlle Inshar était mannequin... une très belle femme, évidemment...

— Je suppose que pour faire ce métier il faut être jolie fille.

— Cela ne suffit pas. Il faut avoir aussi — comment dire ? une « personnalité »... Mlle Inshar avait une très forte « personnalité » : un visage étrange, légèrement masculin, et un regard surtout, presque inquiétant. Elle accentuait ce caractère par ses maquillages et ses coiffures... Mais elle n'aimait pas son corps. Elle le trouvait trop rond, trop féminin.

— Le Dr Adler a corrigé cela, bien sûr !

Ayayac eut un geste vague de la main, comme pour dire que ce n'était pas son affaire. Il ajouta cependant :

— Chacun cherche à se ressembler, pendant toute sa vie, sans même toujours savoir à quoi il veut ressembler. Vous par exemple, à voir votre menton, je suis sûr que de temps en temps vous vous laissez pousser la barbe, juste pour essayer. Et si vous me demandiez de vous raccourcir un peu le nez, je ne vous donnerais pas tort.

Le policier ne put s'empêcher d'effleurer de l'index le bout de son nez. Puis il se reprit et chercha ses Gitanes dans sa poche pour s'occuper les mains.

— Vous permettez ?

Ayayac poussa vers le bord du bureau un cendrier de métal aussi propre, aussi stérile que le reste de la pièce : ç'allait être difficile d'écraser un mégot là-dedans. Le policier remit le paquet de Gitanes dans sa poche sans y avoir touché. Le docteur le regarda faire en souriant.

— Saviez-vous, demanda Lester, que Mlle Inshar souffrait d'une tumeur maligne du cerveau ?

— Nous l'avons su... trop tard pour faire quoi que ce soit. Elle était condamnée à brève échéance.

Il rouvrit la chemise de carton, consulta brièvement l'un des feuillets, et précisa :

— C'était il y a trois ans.

Lester alla rechercher les cigarettes au fond de sa poche, et sortit son briquet.

— C'était il y a trois ans, reprit-il en écho. Mais j'ai vu son corps voici quelques jours seulement : et ce n'étaient pas les restes d'une femme morte depuis longtemps.

Le docteur Ayayac parut hésiter :

— Elle a pu survivre, fit-il après un instant.

— On m'a dit le contraire.

Un nouveau sourire apparut sur le visage du docteur :

— La médecine n'est pas une science exacte : Mlle Inshar a pu survivre.

— Je suis arrivé moi aussi à cette conclusion, non que je sois qualifié pour conclure en la matière, mais parce qu'il n'y a pas d'autre explication possible.

— Ainsi nous sommes d'accord, fit le docteur.

Lester crut percevoir une certaine moquerie dans le regard et dans le ton de voix. Il alluma sa Gitane.

— C'est ce que les médecins, eux aussi, appellent « un miracle », poursuivit Ayayac. Cela arrive quelquefois...

— Et particulièrement dans cette clinique, ajouta Lester sur un ton d'ironie.

L'autre se raidit imperceptiblement :

— Je ne vois pas ce que vous voulez dire.

— Moi non plus, pas très bien encore, reconnut le policier. Mais vous pourriez sans doute m'aider...

De la main, le docteur fit le geste d'écarter la fumée de cigarette qui dérivait lentement vers son visage : ce fut sa seule réponse.

— En quoi consiste le traitement du Dr Adler ? insista l'inspecteur.

— Quel traitement ? demanda l'autre, goguenard : c'est que nous en pratiquons plusieurs.

— Vos patients semblent très âgés... ils n'ont pas tous l'air en très bonne forme.

Le Dr Ayayac se leva, sans plus regarder Lester, et alla de l'autre côté de la pièce, pianoter quelque chose sur le clavier d'un ordinateur. Pendant quelques secondes, un certain nombre de chiffres et de diagrammes se succédèrent à toute allure sur l'écran, puis le docteur éteignit l'appareil et retourna s'asseoir, l'air absent : il s'était donné le temps de réfléchir.

— S'ils ne se trouvaient pas ici, reconnut-il, et s'ils ne suivaient pas la cure du professeur, ils seraient déjà morts pour la plupart.

— Il doit s'agir d'un traitement particulièrement efficace, ironisa le policier.

Ayayac chassa de nouveau la fumée de cigarette, d'un geste impatient.

— Ce serait trop long à expliquer. Et nous avons plusieurs sortes de malades...

— Des malades ? Pas seulement des vieillards ? Des cancéreux par exemple ?

— Oui, des cancéreux : nous avons des traitements relativement bien adaptés à leur cas.

Lester allait ajouter : « Comme pour Mlle Inshar,

par exemple. » Mais il se ravisa : ce bon docteur semblait assez disposé à parler tant qu'on en resterait aux généralités, et l'on pouvait toujours tirer profit de certaines généralités.

— Quand vos patients ressortent de chez vous, demanda l'inspecteur, peut-on les considérer comme guéris ?

— Guéris ? répéta l'autre en s'esclaffant. Est-ce qu'on guérit de la vieillesse ? Nos patients ne ressortent pas de chez nous. Nous leur offrons quelques années supplémentaires, tant qu'ils suivent la cure... et une certaine discipline. Cela ne peut se faire qu'ici.

Lester se sentit tout d'un coup submergé par une coulée glaciale de dégoût. Les murs blancs, la lumière crue des néons dans le couloir, la tente à oxygène dans la chambre, la vieille qui tremblotait dans le hall, tout à l'heure, et l'ascenseur capable d'avaler des cercueils par lots de trois ou quatre, tout cela prenait soudain une odeur nauséabonde, un lourd parfum de putréfaction : les gens ne vivaient pas plus longtemps ici qu'ailleurs. Ils y mouraient seulement plus lentement. Ils y agonisaient pendant des années entières, et ils étaient prêts à sacrifier des milliards sans doute, leur fortune tout entière, pour rester un peu plus longtemps au seuil de la mort, sans même pouvoir vraiment se donner l'illusion de vivre encore.

Le Dr Ayayac laissa au policier le temps de se pénétrer de l'horreur des perspectives ouvertes devant lui, puis il reprit :

— Il y a des gens qui ne se résolvent pas à l'idée de disparaître : particulièrement ceux qui ont été très riches. Ils pensent avoir plus à perdre que les autres en mourant : ils viennent à nous avec leurs milliards et leurs infirmités, affirmant avec ingénuité : « Un homme comme moi ne devrait jamais mourir » : si vous leur promettiez l'éternité ils vous croiraient, tant ils sont persuadés d'être différents du reste de l'humanité !

Il parlait sur un ton d'indifférence vaguement amusé, mais c'est plutôt une haine froide et tranquille qui se donnait à déchiffrer sous ses propos. Ayayac vendait à ces riches patients leur propre survie, mais quand la mort l'emportait finalement, c'est encore le bon docteur qui triomphait !

Lester écrasa sans scrupule sa Gitane dans le splendide cendrier :

— Vous les détestez, n'est-ce pas ?

L'autre eut un petit rire :

— Pas plus que vous, sans doute... Et puis ces braves gens ont l'habitude. Ils ne se font pas d'illusion : ils savent qu'il me suffirait d'un geste, d'une maladresse calculée pour leur faire faire le grand saut. Leur existence dépend totalement de moi, mais pas plus qu'elle n'a dépendu autrefois des autres ! Et ils me payent. Ils ont de quoi me faire perdre mon envie de les voir crever. C'est tout !

— Vous êtes encore libre de les mépriser, dit Lester. Leur argent ne peut rien contre cela.

— Croyez-vous ? s'esclaffa l'autre. Ce sont eux qui nous méprisent ! Ils nous laissent nettoyer leur abcès et leur merde sans éprouver la moindre honte. Ils se fichent bien de ce que vous pensez d'eux, de leurs odeurs, de leurs tremblements, et de leur trouille de crever. Quand ils ont encore assez de force pour ça, ces sales petits vieux donnent des billets aux infirmières pour se faire branler un peu pendant qu'on les lave !

Lester alluma une autre Gitane, et tendit le paquet au petit bonhomme qui s'énervait :

— Vous n'en voulez pas une ?

— Si !

Le docteur tira une cigarette du paquet, et la porta maladroitement à ses lèvres. Le policier se leva pour lui offrir la flamme de son briquet.

— Si vous tremblez comme ça je n'y arriverai pas, fit-il, en souriant.

L'autre tira enfin sa première bouffée, fermant les yeux et se laissant aller contre le dossier de son fauteuil. Toujours souriant, Lester le considérait avec curiosité :

— Ne vous gênez pas pour moi, fit-il après quelques secondes.

Ayayac écrasa la cigarette dans le cendrier, se leva brusquement, contourna le bureau, et gagna l'autre extrémité de la pièce.

L'inspecteur ne se retourna pas pour le regarder faire : il entendit sans surprise le petit bruit de la seringue qu'on reposait dans sa boîte en fer. Le docteur vint se rasseoir après une minute :

— Vous allez mieux ? demanda le policier.

— Ils m'ont eu, fit l'autre dans un souffle. Ils m'ont eu jusqu'à la moelle. Comme n'importe quelle putain !

Lester observa une minute de silence pour commémorer la vertu défunte du docteur Ayayac. Puis il demanda :

— J'imagine que M. Henry Blake, votre principal actionnaire, a déjà retenu sa chambre...

— Oui... lui aussi.

— C'est bien normal... mais il y a seulement deux heures, il me disait qu'il ne craignait pas la mort.

Le docteur l'écoutait avec indifférence, maintenant : il devait commencer à se sentir bien, parfaitement étranger à tout ce qui pourrait lui arriver pendant les vingt prochaines années.

— Vous ne comprendriez pas, fit-il simplement.

— Dites plutôt que vous n'avez pas l'intention de m'expliquer...

— Si vous préférez.

Il se fichait bien du policier et de ses questions, maintenant. Plus rien ne pourrait l'impressionner avant plusieurs heures.

— J'aurais bien aimé rencontrer le professeur Adler, fit l'inspecteur en se levant.

Le docteur le regarda vaguement, comme d'infiniment loin, immobile dans son fauteuil. Le policier ajouta :

— J'ai entendu dire qu'il avait d'abord exercé ses talents médicaux dans un camp de concentration...

L'autre fit un geste de la main qui pouvait signifier : « Comme vous voudrez ! »

— Il s'est absenté pour longtemps ? reprit Lester.

Ayayac considéra le policier d'entre ses paupières à demi fermées, comme une mouche qui l'aurait dérangé pendant sa sieste.

— Pour très longtemps, j'en ai peur, dit-il enfin.

Lester reprit seul l'ascenseur : évidemment, le Dr Ayayac ne se souciait pas de lui dire les secrets du Pr Adler et de sa clinique, mais il ne se préoccupait pas davantage de les lui cacher. Depuis longtemps ce pauvre type ne demandait plus qu'à vivre, grâce à sa seringue, le plus loin possible de lui-même et du reste de la réalité.

Lester descendit au sous-sol, puisqu'il n'y avait personne pour l'en empêcher.

Une bouffée de fraîcheur l'enveloppa quand la cabine s'ouvrit. Il s'engagea dans le couloir, long d'environ vingt-cinq mètres et bordé de trois portes de chaque côté. L'éclairage au néon sur les murs carrelés de faïence bleu pâle donnait une lumière de piscine ou d'aquarium. Le policier sortit prudemment de l'ascenseur. Il lui sembla que l'air se refroidissait à mesure qu'il avançait. Il s'arrêta devant la première porte, sur sa droite, et posa doucement la main sur le bouton. Le silence était absolu. Le revêtement caoutchouteux du sol amortissait complètement le bruit des pas. La porte était fermée au verrou. Lester gagna la seconde porte, quelques mètres plus loin : elle était également bouclée, ainsi que l'entrée du « bloc stérile », en face, ou que l'accès à la salle de « réanimation », du même côté, et que les deux dernières portes, au bout du couloir.

Toutes les serrures étaient du même modèle, et devaient pouvoir se crocheter. Lester regagna l'ascenseur en songeant que l'ami Laurent allait pouvoir s'en donner à cœur joie, la nuit prochaine : six portes à crocheter, et derrière l'une de ces portes, sans doute, le secret du Dr Adler !

CHAPITRE XV

Laurent et Catherine ne se trouvaient plus dans le bois, évidemment. Ce n'était pas le genre à rester longtemps au piquet. Mais Lester n'eut pas de mal à les retrouver. Ils étaient à la plage, puisqu'il y avait une plage. Ils se baignaient, puisqu'il faisait un soleil radieux. Et ils se baignaient tout nus puisqu'ils n'avaient pas emporté de maillot.

C'était l'insurrection, chez les vieillards, l'enthousiasme, le sac du palais d'Été. Ils étaient en train de rajeunir pour de bon ! Il y en avait plusieurs, sur l'embarcadère, qui se disputaient une paire de jumelles, et une vieille dame était entrée dans l'eau jusqu'aux genoux pour photographier de plus près les jouvenceaux à poil. Des infirmières et un médecin étaient accourus, menaçant leurs petits vieux de toutes sortes de brimades, allant de la privation de télé jusqu'à l'infarctus, s'ils ne rentraient pas immédiatement dans leurs chambres, mais en vain ! Et puis après tout, ces gens-là pouvaient bien claquer à leur guise. Ils payaient assez cher pour ça !

Mais Lester ne l'entendait pas de cette manière : c'est qu'il avait de la vertu, ce quadragénaire familier des assassins ! Il courut jusqu'au bout du ponton, manquant bousculer trois ou quatre pensionnaires, et cria aux baigneurs :

— Rhabillez-vous, bon Dieu ! Ou bien faites-vous payer !

Ça le choquait, de voir les petits vieux se rincer l'œil. Mais ça le mettait carrément hors de lui, que de foutus milliardaires pussent le faire pour pas un rond !

Ce fut pire, évidemment, quand les deux galopins sortirent de l'eau. Catherine apparut la première, donnant à voir la naissance de Vénus en scope et technicolor, des épaules à la taille d'abord, puis de la taille aux chevilles, passant ainsi sans façon du blond vénitien au blond cendré. Mais Laurent eut aussi son instant de gloire, émergeant en statue de Neptune et dans un état à se faire proprement virer du musée du Vatican, de sorte que plusieurs vieilles ne furent pas loin de crever de ravissement.

Les employés de la clinique leur tendirent des serviettes, au grand désespoir de la clientèle. Mais ils étaient devenus si populaires qu'on n'osa pas les jeter dehors tout de suite. Lester se dit qu'il pourrait bien tirer profit de la situation.

On les laissa s'installer avec le policier autour d'une table, et les vieillards voulurent les régaler des meilleurs produits de la clinique, eau de Vichy, thé à la saccharine, et toutes sortes de médicaments aux saveurs délicates. Lester voulut bien du thé. Les deux jeunes gens n'acceptèrent que de l'eau du robinet, craignant de se faire droguer : ils sentaient bien qu'il y avait du viol dans l'air. Même avec des centenaires, on ne sait jamais. Ils se rhabillèrent vivement.

La petite vieille qui faisait des photos refusa énergiquement de se faire sécher les pieds par une infirmière, et vint montrer ses clichés Polaroïd.

— C'est dommage, s'excusa-t-elle : on ne voit que vos têtes.

— La prochaine fois on marchera sur l'eau, promit Laurent.

Lester les laissa babiller un moment. Il feignit même d'admirer les instantanés pris par la bonne femme. Mais il réfléchissait surtout au moyen le plus commode de revenir la nuit prochaine, et de visiter les sous-sols de la clinique.

La vieille lui fourra de nouvelles photos dans la main : elle n'avait pas lésiné sur la pellicule ! Le policier eut alors une inspiration soudaine.

— Vous avez bien dû prendre une photo du Dr Adler ? fit-il.

— Des portraits du professeur ? rectifia-t-elle. Bien sûr, que j'en ai !

Elle fouilla dans son sac, et sortit une demi-douzaine de clichés à la fois. C'était une maniaque de l'obturateur, la rombière : elle en avait plein son sac, des photos, par liasses entières ! Elle devait tout prendre, rien ne lui échappait, les infirmières, les autres patients de la clinique, de face, de dos, de profil, les jambes coupées, ou même la tête, elle ne faisait pas de détail, elle voulait tout garder, la vieille avare, pour Dieu sait quelle éternité ! Elle devait rêver d'emporter ces photos-souvenirs, sûrement, là où le bon Dr Adler, malgré toute sa science, ne l'empêcherait pas indéfiniment de s'en aller !

— Tenez, fit-elle : celles-ci je les ai prises il y a quelques jours seulement.

— Juste avant que le professeur ne disparaisse ?

Il avait employé le verbe « disparaître » à dessein, pour voir l'effet sur la vieille. Celle-ci le considéra, l'air épouvanté.

— Le professeur a disparu ? balbutia-t-elle.

Elle n'aurait pas paru plus affolée si on lui avait confirmé que le soleil allait s'éteindre dans pas plus de quatre milliards d'années !

— Il n'est plus ici en tout cas, dit Lester. Et je ne pense pas qu'il vous ait saluée quand il est parti.

La vieille resta silencieuse, abasourdie. Elle ne songea même pas à répliquer que le professeur n'avait pas l'habitude de prendre congé de ses patients quand il quittait la clinique.

Les clichés étaient étalés sur la table. L'inspecteur, qui avait son idée, en choisit un, où l'on distinguait particulièrement bien les traits du professeur. Un visage sec, émacié, des yeux gris clair, presque transparents, et le regard volatil et glacial d'un oiseau de proie.

— Voudriez-vous me donner cette photo ? demanda l'inspecteur, le visage orné d'un sourire qu'il réussit à rendre presque charmeur, presque coquin.

C'était un exploit, ce sourire, vu que la vieille avait manifestement abandonné la partie après son dix ou douzième lifting, et qu'elle se consolait depuis en se maquillant au minium, qui la protégeait bien contre la rouille. Mais elle ne se montra guère sensible aux attraits du policier, sans doute trop mûr pour elle. S'il n'y avait pas eu tant de monde, sur la terrasse, elle se serait bien fait l'autre, le tout jeune, le tout frais, tout de suite !

En tout cas elle fit semblant de ne pas entendre la demande de Lester, et rassembla vivement ses précieuses photos pour les fourrer dans son sac.

— Vous ne voulez vraiment pas m'en prêter une ? insista l'inspecteur. Je vous la rendrai.

— Ha, ha ! jamais de la vie !

Elle adorait dire non, ça se sentait.

— Hé, hé ! fit-elle encore, parfaitement d'accord avec elle-même.

Lester comprit qu'il était inutile d'insister : elle ne donnait rien, la vieille. Absolument rien. Elle pouvait même passer un mois sans aller aux waters. Elle n'avait pas fait d'enfant parce que les enfants finissent toujours par vous dépouiller. Elle avait eu des chats. Ils étaient morts de faim les uns après les autres, mais au moins ils ne l'avaient pas mise sur la paille. Depuis trente ans elle vivait toute seule. Elle occupait son temps en déshéritant ses neveux. Elle refaisait son testament toutes les semaines. Elle n'était pas encore sûre que personne n'aurait rien d'elle, après sa mort. Elle avait mis tout son fric sur des comptes anonymes, à Genève, Zurich, Bâle, dans une quinzaine de banques. Elle n'avait écrit nulle part les numéros de ces comptes, par prudence. Tous les jours elle se les récitait par cœur, ses précieux numéros, c'était maintenant sa distraction favorite, mais elle ne se les rappelait plus très bien, elle mélangeait les chiffres, en fait elle ne les savait plus, mais personne d'autre ne les connaissait davantage, c'était l'essentiel.

— Eh, mec, qu'est-ce qui t'arrive ? Tu as l'air bizarre, fit soudain Laurent.

Lester tressaillit, comme si on l'avait réveillé en sursaut.

— Je vais très bien, fit-il en souriant légèrement. Je pensais à madame, c'est tout.

— On peut se tirer, tu sais, dit le garçon.

— C'est ton opinion ?

— C'est mon opinion.

Il la souligna même d'un gros clin d'œil : Lester n'eut pas de mal à en saisir le sens.

Quand ils furent dans le bois, hors de vue des gens de la clinique, le policier s'arrêta et tendit la main.

— Donne !

Laurent sortit de sous sa chemise une pleine poignée de photos.

— Pas eu le temps de trier, s'excusa-t-il, mais il ne reste rien dans son sac, aussi sûr que deux et deux font de grosses cochonneries à quatre.

— C'est la vieille, qui t'a donné ces idées ? s'esclaffa Lester.

— Berk ! fit Catherine, qu'on n'avait pas entendue depuis un moment.

Tout le monde monta en rigolant bien dans le joyeux corbillard.

CHAPITRE XVI

Ils furent deux heures plus tard à Annecy. La petite ville somnolait sous le soleil caressant de cette fin d'après-midi, et débordait sans façon sur ses trottoirs.

— Je boirais bien un coca, moi aussi, dit Catherine.

— Ils ne boivent pas tous du coca, observa Lester.

— En tout cas ils sont assis, et ils bronzent.

— Les femmes ne pensent qu'à leurs fesses et à leur épiderme, commenta l'homme d'expérience.

Ils avaient laissé le camping-car près du lac, et ils gagnaient le commissariat à pied.

— Si mon hypothèse se vérifie, dit encore Lester, demain nous serons vraiment en vacances.

— On fera quoi ? demanda Laurent, vaguement déçu.

— On se fera bronzer à qui mieux mieux, dit l'inspecteur en regardant Catherine... moi aussi, j'ai mal aux pieds, ajouta-t-il, conciliant.

Les deux jeunes gens protestèrent qu'ils ne souffraient nullement des pieds, et qu'ils avaient seulement envie de s'asseoir au soleil. L'inspecteur ne fit pas de commentaire et s'arrêta un moment devant la vitrine d'un marchand de chaussures, admirant les modèles au cuir merveilleusement souple, au profil aérodynamique, aux semelles soigneusement profilées, mais que ses cors aux pieds lui interdisaient à jamais de porter.

Ils arrivèrent peu après devant le commissariat. Laurent voulait entrer avec l'inspecteur. Catherine exigea de s'asseoir, même sur le trottoir, pour commencer tout de suite à bronzer. On trouva un compromis. Catherine s'installerait à la terrasse qu'on apercevait au bout de la rue et commanderait des coca pour tout le monde. Laurent accompagnerait l'inspecteur au commissariat : ils n'en auraient pas pour longtemps, et on se retrouverait dans un quart d'heure devant les boissons.

Mais le patron de la police locale, le commissaire Slama, ne put les recevoir tout de suite ayant à terminer un rapport urgent : Lester et son jeune acolyte ne furent admis dans son bureau qu'après une dizaine de minutes.

A leur entrée, le commissaire rangea sous d'autres dossiers le numéro de Playboy qu'il venait de consulter, et se leva pour aller serrer la main de son célèbre collègue parisien.

Il n'était pas très grand, il avait les cheveux tout frisés, et ses yeux pétillaient de malice comme toutes les fois qu'il s'était offert une petite enquête dans Playboy.

— Mais..., s'exclama Lester... est-ce que nous n'avons pas fait l'école de police ensemble ?

— Eh oui... c'était il y a vingt ans, ma vieille !

Ils se congratulèrent pendant quelques minutes, évoquant évidemment le sacré bon vieux temps de leur jeunesse, de leurs folles espérances comme on dit, et même deux ou trois frasques communes. Laurent regarda sa montre à plusieurs reprises, puis considéra d'un air goguenard les deux surhommes qui se racontaient leurs histoires de régiment. A la fin il s'impatienta :

— Vos souvenirs ne vont pas refroidir, fit-il, mais Catherine est en train d'attraper des coups de soleil.

Le commissaire Slama regarda le godelureau en haussant un peu les sourcils, et demanda à son collègue :

— On lui fout les menottes et on le coffre ?

— Pas aujourd'hui, fit Lester : nous avons mieux à faire.

Il sortit de sa poche revolver la photo du Dr Adler et la posa sur le bureau. Le commissaire prit le cliché entre deux doigts, avec une certaine circonspection : ça ne valait pas une de ces belles filles à poil qui prétendent avoir été élevées dans un collège britannique, avoir reçu la fessée jusqu'à l'âge de dix-huit ans, et qui feront du cinéma quand elles auront obtenu leur doctorat en philosophie.

— Vous avez ramassé l'autre jour un cadavre, expliqua Lester, qui pourrait bien être le type de cette photo.

— Dans le fossé ? Sur la route de Genève ?

— Nous parlons bien du même client.

Le commissaire hocha la tête, et se mit à fouiller dans le fatras de papiers qui encombrait son existence. Il fit tomber par-dessus le bureau, du côté des visiteurs, la pile de dossiers où il venait de dissimuler le numéro de juillet de Playboy. Laurent se baissa pour ramasser le tout, gentiment.

— Qu'est-ce que j'ai bien pu faire de mon cadavre ? grommelait Slama.

— Il n'est pas ici, assura Laurent en faisant mine de chercher dans le magazine du commissaire.

Celui-ci dénicha enfin ce qu'il cherchait. Lester se leva et contourna le bureau, pour regarder les deux photographies que son collègue avait posées devant lui, côte à côte.

— C'est bien notre citoyen, dit-il après un instant.

Lester et Laurent retrouvèrent peu après Catherine en train de réduire à feu doux dans son assaisonnement de coca-cola tout à fait tièdes. Le commissaire Slama les accompagnait, et s'assit à l'ombre de la jeune fille en sueur qui n'aurait pas déparé les pages de son magazine favori. L'inspecteur acheva d'expliquer à son ancien camarade l'affaire du meurtre de Marcel Magne à la lumière des découvertes qu'il venait de faire :

— Notre marchand d'armes, exposa-t-il, a été mis délibérément en difficulté par ses anciens commanditaires, la Société fiduciaire d'Europe du Nord, qui appartient au milliardaire américain Henry Blake. J'ignore si ce dernier est à l'origine de la manœuvre. Je l'ai rencontré ce matin : il tondait gentiment son gazon, et j'ai plutôt l'impression qu'il se fout de cette affaire comme du reste. Le grand manitou est plutôt un certain Cornélius Canthigaster, factotum du milliardaire dont il a capté la confiance et qu'il a mis proprement sur la touche. Le directeur de la Fiduciaire d'Europe du Nord, Hermann Muller, doit avoir aussi son rôle dans l'affaire : il m'a déclaré lui-même avoir coupé les crédits aux Établissements Marcel Magne, ce qui revenait à les mettre en faillite.

A regret, le commissaire Slama détacha un instant son regard des jolies gouttelettes qui scintillaient entre les seins de la petite « playmate », à côté de lui, et dit à Lester :

— Je ne vois pas bien le rapport entre cette histoire politico-financière et le Dr Adler.

— J'y viens : sa clinique appartient, comme infiniment d'autres choses, au vieil Henry Blake. Le Dr

Adler a mis au point un traitement contre la vieillesse qui pourrait s'appliquer aussi à certains cancéreux : telle est du moins la partie officielle et avouable de son activité. Car je soupçonne depuis un moment qu'il a mis au point un autre traitement, bien plus radical, complétant en quelque sorte le précédent...

— Contre la vieillesse également ?

— Mieux que ça : contre la mort.

Le commissaire se désintéressa définitivement de Catherine, et fixa Lester, l'air abasourdi :

— Qu'est-ce que tu me racontes là ?

L'inspecteur dut avouer qu'il aurait été bien en peine d'expliquer clairement en quoi pouvait consister un traitement « contre la mort » :

— Cela n'a pas autrement d'importance, poursuivit-il, car il s'agit évidemment d'une formidable arnaque, mise au point par le Dr Adler, avec le concours, sans doute, de notre ami Cornélius Canthigaster. Nous venons de visiter sa clinique : l'établissement est plein de petits vieux qui n'ont plus que leur fric à perdre, et qui sont tout prêts à croire le charlatan qui leur promettra la vie éternelle, et la lune en prime... Mais je reviens à Marcel Magne : Hermann Muller et Cornélius Canthigaster ont décidé de le liquider. Ils ont sans doute subi des pressions de la part des Américains et des Français, qui voient d'un très mauvais œil l'influence politique du fabricant d'armes grandir de jour en jour en Afrique. On sait que Magne est devenu l'ami personnel de Kadhafi, et l'on craint que ce dernier ne se serve de l'industrie française pour infiltrer les régimes de certains pays voisins. Il faut donc mettre le holà ! Réduire Marcel Magne à la faillite, le contraindre à quitter les affaires. Rien de plus simple dès lors que la Fiduciaire d'Europe du Nord retire ses billes, et c'est ce qu'elle fait.

Seulement voilà : les amis libyens de Marcel Magne volent à son secours, et lui proposent leur soutien financier...

— Il ne reste plus qu'une solution, observa le commissaire : liquider physiquement Marcel Magne, et c'est ce qui est arrivé.

— Ils auraient mieux fait de commencer par là, en effet. Mais je crois qu'ils ont essayé une autre solution, auparavant, pour éviter de faire abattre un homme qui ne pouvait tout de même pas disparaître sans un certain bruit.

— Et cette solution, si je te suis bien, c'est le Dr Adler qui va la fournir.

— Oui, car il possède un atout majeur, une sorte d'otage : la maîtresse de Marcel Magne, Pearl Inshar, qui se trouve depuis trois ans, à l'insu de tous, en traitement dans sa clinique.

— Ce traitement « radical » dont tu parlais à l'instant ?

— Tout me porte à croire que notre Marcel Magne, qui fabriquait les meilleures bombes du marché mondial, et qui savait à merveille organiser un nouveau conflit pour écouler sa marchandise, était en réalité un grand sentimental : il aimait Pearl Inshar comme un fou, mais précisément comme un fou milliardaire et puissant, des chéquiers plein les poches, un revolver dans la boîte à gants de sa voiture, et deux ou trois bonnes petites guerres en projet dans la tête. Cet homme n'avait pas l'habitude qu'on le contrarie. Il aimait Pearl Inshar et peut-être jouait-il au toutou dans la chambre à coucher, mais il avait été capable de faire remodeler chirurgicalement la silhouette de sa maîtresse, un peu comme on rajoute un étage à sa maison, afin qu'elle correspondît mieux à ses fantasmes. C'est tout naturellement au Dr Adler qu'il s'était adressé, voilà cinq ou six ans, pour ce premier travail. Et c'est encore à lui qu'il a dû faire appel plus tard, quand il a su que sa maîtresse était condamnée par un cancer : la jeune femme a donc été admise à la clinique voici trois ans pour y subir le traitement très spécial du bon docteur.

— Tu ne sais vraiment pas en quoi il consiste, ce traitement ?

— J'ai mon idée, mais très vague et j'espère en savoir bientôt plus... En tout cas, reprit l'inspecteur, Pearl Inshar se trouve entre les mains du Dr Adler. Morte ou vivante, je ne saurais le dire : ce qui importe, c'est que Marcel Magne la croie vivante, et qu'il espère la voir guérir un jour ou l'autre.

— Voilà donc l'objet du chantage !

— Exactement : Magne est en train de s'entendre avec les hommes de Kadhafi, et c'est un dur à cuire. Il doit se sentir menacé, mais sans doute a-t-il pris des dispositions pour faire aboutir l'accord avec les Libyens même s'il vient à disparaître. En tout cas, Hermann Muller et Cornélius Canthigaster ont dû y songer, et ils renoncent à faire abattre Magne car ils ont une autre arme contre lui, réellement imparable : la survie de Pearl Inshar, à laquelle, ils le savent, Marcel Magne est prêt à tout sacrifier.

— Toute cette histoire me paraît plutôt fantasmagorique, objecta le commissaire : et elle repose sur une hypothèse qu'il conviendrait de vérifier.

— C'est ce que je compte faire cette nuit, car si je trouve chez le Dr Adler des patients en état, disons, de « survie artificielle », alors la suite de mon histoire devient parfaitement logique : Canthigaster, ou Muller, font savoir à l'industriel que s'il ne se retire pas des affaires, sa petite amie sera soustraite aux bons soins du docteur. Magne fait semblant de céder. Mais il se rend aussitôt à la clinique Adler, espérant sans doute conclure une alliance avec le docteur. Peut-être même a-t-il quelque moyen de pression sur ce dernier. Mais les choses tournent mal... Adler, malheureusement, n'est plus là pour nous dire ce qui s'est passé : je pense que Magne s'est fait restituer par la force Pearl Inshar, ou plutôt son cadavre. Il a dû emmener Adler sous la menace de son arme pour assurer la sécurité de son départ. Puis, la frontière franchie, il le liquide, abandonne son corps au bord de la route, et poursuit son chemin. Pearl Inshar morte, il n'a plus rien à perdre. Il est comme fou, et particulièrement dangereux, car il sait énormément de choses qu'il est maintenant prêt à révéler. A Genève, Hermann Muller et Cornélius Canthigaster comprennent qu'ils doivent agir immédiatement, et envoient des tueurs sur tous les itinéraires que Marcel Magne est susceptible d'emprunter. Celui-ci a choisi de se rendre dans sa propriété de Provence, un peu comme un soldat déciderait de se retrancher dans sa dernière place forte pour y mener le combat décisif. Les tueurs ont pour mission de liquider l'industriel et de faire disparaître le cadavre de sa maîtresse, dont la découverte permettrait de remonter la filière jusqu'à la clinique Adler. Marcel Magne a certainement perdu un temps précieux au début de son itinéraire. Passer une frontière avec un cadavre et un otage, même pour aller de Suisse en France, n'est pas une opération très facile. Il faut choisir le bon moment et le bon endroit. Toujours est-il que les tueurs parviennent à la propriété de Magne avant ce dernier, et qu'ils peuvent le tirer comme un lapin quand sa voiture se présente devant la grille d'entrée. Mais ils n'ont pas le temps d'achever leur mission et d'emporter le corps de Pearl Inshar, du fait de l'intervention du garde du corps de Magne, qui réussit à blesser l'un des agresseurs.

— C'est alors que tu interviens, dit en souriant le commissaire Slama.

Celui-ci, manifestement, avait du mal à croire tout à fait à cette histoire rocambolesque. Laurent et Catherine, par contre, n'avaient pas le moindre doute : ils attendaient la suite du récit, la bouche ouverte et le regard gourmand, comme des oisillons attendent la becquée.

— Depuis un certain temps, reprit l'inspecteur, j'ai acquis la conviction que la mort de Pearl Inshar, bien plus que l'assassinat de Marcel Magne, constitue le nœud de cette affaire. Le traitement inventé par le Dr Adler n'empêchera sans doute jamais personne de mourir, mais il doit permettre à MM. Muller et Canthigaster de s'enrichir fabuleusement, peut-être même d'exercer une pression occulte, mais très importante, sur leurs clients, voire sur leurs futurs candidats à la vie éternelle.

— Celui qui pourrait donner à ses semblables la vie éternelle, fit rêveusement le commissaire, deviendrait du même coup le maître du monde.

— Je ne te le fais pas dire, s'exclama Lester ! Et j'ai bien l'impression qu'il se trame quelque chose de ce genre à la clinique Adler.

— Ou tu es devenu complètement fou, dit Slama, ou tu es sur le point de résoudre l'affaire policière la plus extraordinaire de tous les temps.

— Hé l'autre ! commenta Laurent. Hé l'autre !

CHAPITRE XVII

La clé de la 412 n'était pas au tableau. C'était l'heure où l'Indien laissait au Viking sa place derrière le comptoir de la réception. Les deux types échangeaient un peu d'herbe et discutaient le coup pendant cinq minutes dans cet anglais bizarre qui se pratique entre Amsterdam et Katmandou.

Lester demanda sa clé : « Le four, one, two, please. »

Le Viking expliquait pourquoi il faut mélanger l'herbe à du tabac turc, jamais à du tabac américain : c'est de la vraie merde, pour les joints, le Maryland !

Lester répéta timidement : « Eh, mes frères ! Le four, one, two, s'il vous plaît ! »

Le Viking condescendit à s'interrompre et poussa du coude son copain, qui considéra Lester avec infiniment d'indifférence et se contenta de pointer l'index vers le plafond, pour montrer qu'elle était là-haut, la clé de ce con !

— Thank you, les mecs, fit le policier. Haré Krishna, vive l'amour, et pas un mot à mes vieux, okay ?

Il venait de laisser Laurent et Catherine près de la cathédrale. La journée, apparemment, ne les avait pas fatigués. Ils voulaient se promener encore un peu : on avait tout son temps, même en comptant deux heures pour le dîner, puisqu'on ne retournerait pas à la clinique Adler avant le milieu de la nuit. Lester, lui, était éreinté. Il avait mal aux pieds.

Il avait envie de prendre une douche, ou mieux, un bain, et de s'étendre ensuite pendant une heure.

Comme l'ascenseur dépassait le second étage il entendit à travers la porte la femme de chambre mauricienne rigoler. Heureuse nature, songea-t-il. Et pourtant les journées de la pauvre fille devaient se ressembler entre elles autant que les étages, les chambres et les lits de cet hôtel. C'est peut-être ça qui la faisait rigoler, cette uniformité justement, cet ennui à crever de rire, cette existence qui n'est qu'une blague, tout bien réfléchi.

Pourquoi n'aurait-elle pas réfléchi, la Mauricienne ?

La clé de la 412 était bien sur la porte, et la porte était même entrouverte. Les Suisses sont des gens honnêtes, songea le policier pour se rassurer, mais y avait-il un seul Suisse dans cet hôtel ?

Il nota en entrant dans la chambre que la porte de la salle de bains était également ouverte. On entendait le bruit de la douche. Un sac de voyage était posé sur l'un des lits.

Lester retourna sur le palier pour vérifier le numéro de la porte : c'était bien le 412, c'était bien sa chambre.

Les deux Pieds-Nickelés de la réception allaient entendre parler de lui ! Mais en attendant il décida de reconquérir la douche lui-même, et il se précipita vers la salle de bains sans remarquer la jolie jupe à fleurs étalée sur le lit, à côté du sac de voyage.

La jeune femme ne poussa pas de cri de frayeur, elle ne porta pas par pudeur les mains à sa poitrine, elle ne tira même pas le rideau de la douche. Elle continua tout bonnement à se savonner, ayant salué le visiteur d'un charmant sourire et d'une gracieuse inclinaison de la tête.

Lester retourna s'asseoir dans la chambre, formidablement embarrassé. Ça lui était déjà arrivé, cette sorte d'aventure. Une seule fois : une descente de police, « au nom de la loi ou j'enfonce la porte », le doigt sur la gâchette et tout le tintamarre : ils s'étaient trompés d'adresse et les gens fêtaient l'anniversaire du petit. Ils avaient même proposé du gâteau à la demi-douzaine de flics penauds qui ne savaient plus quoi faire de leurs mains ni du flingue qui se trouvait au bout.

La douche s'arrêta. La jeune femme apparut sur le seuil, vêtue simplement de deux serviettes. La plus grande lui faisait un turban d'où s'échappaient quelques mèches blondes. La plus petite cherchait à lui faire une sorte de pagne, de la naissance des seins à la mort du pécheur pas très loin en dessous. C'était craquant, auraient dit Laurent et Catherine.

La jeune femme sourit de nouveau à Lester, contourna le lit, juste devant lui, et prit dans son sac un paquet de cigarettes. Comme elle n'avait qu'une main de libre, l'autre ayant officiellement à maintenir la serviette au niveau des aisselles, le policier se leva pour l'aider à se servir.

Nouveau sourire, de part et d'autre cette fois. Lester commençait à bénir les deux couillons de la réception. On chercha ensuite dans quelle langue on allait pouvoir communiquer. L'anglais fut choisi, comme dans les aéroports. Plutôt approximatif, au vrai, du côté de la jolie personne, mais Lester était prêt à s'embarquer pour de lointains et délicieux malentendus.

La jeune femme avait les pommettes hautes, des yeux verts légèrement bridés, et un sourire à faire fondre un char d'assaut en crème anglaise. Quant au reste, le policier s'en était fait dans la salle de bains une idée succincte mais bien trop précise pour laisser croire à un rêve.

Elle s'appelait Pullinen. Non : Eila, plutôt ! Pullinen, c'était seulement le nom de son papa, colonel dans l'aviation finnoise. Elle était dans l'aviation, elle aussi, hôtesse de l'air, et elle prenait des douches un peu partout dans le monde.

Ayant terminé sa cigarette, elle s'habilla sans façon devant le monsieur, qui s'efforça de ne pas la regarder trop fixement pendant qu'elle cherchait un slip dans son sac. Pour se donner une contenance, il alla ouvrir le petit réfrigérateur, et proposa une boisson fraîche à la jeune personne : on déciderait tout à l'heure qui était l'invité de l'autre (on était prêt, bien entendu, à céder sa chambre à la charmante visiteuse).

Celle-ci opta finalement pour un slip couleur chair, très simple mais avec une jolie dentelle sur le devant, et fit remarquer au policier qu'il y avait quatre lits dans la pièce, ce qui était encore trop pour deux personnes. Celui-ci faillit lâcher les verres de whisky qu'il s'apprêtait à poser sur la table de nuit, entre deux de ces quatre lits qui ne demandaient désormais qu'à se rapprocher.

La jeune femme s'assit sur le bord du matelas, face à Lester, assis sur le bord de l'autre lit. Elle porta le verre à ses lèvres et sourit divinement. Le policier se trouvait déjà au septième ciel, et se dit qu'avec cette créature le paradis allait compter tout à l'heure plusieurs nouveaux étages. En fait elle n'était plus vêtue que de son slip, ayant abandonné depuis un moment ses deux serviettes. Est-ce qu'elle se rendait vraiment compte qu'elle avait une poitrine à donner des gourmandises de nourrisson à un centenaire ?

Elle trempa une seconde fois ses lèvres dans le verre : c'était juste pour les faire briller. Puis elle demanda au monsieur (« Robert », il venait de lui dire) s'il voulait bien lui rapporter la brosse à cheveux qui se trouvait dans la salle de bains. Lester voulait bien rapporter, évidemment, et même donner la patte, ou faire le beau : il ne demandait qu'à combler cette créature de rêve.

Quand il fut dans la salle de bains il entendit un drôle de petit bruit, venant de la chambre. Il s'immobilisa pour écouter : c'était le « floc-floc-floc » d'un liquide tombant goutte à goutte dans un autre liquide. Le policier descendit de son septième ciel par l'escalier de secours : il ne comprenait que trop bien ce qui se passait.

Il tendit gentiment la brosse à la jeune femme, qui se mit aussitôt à fourrager dans sa somptueuse crinière blonde, et il se rassit mine de rien sur son bout de matelas. Puis, ostensiblement, il interchangea les deux verres qui se trouvaient sur la table de nuit. La jeune femme pâlit.

— Qu'est-ce que tu as mis là-dedans, susurra le policier en français : du cyanure ? du curare ? ou une autre saloperie préparée par M. Canthigaster ?

Il fut plus rapide qu'elle et s'empara le premier du sac de voyage ! Il s'écarta du lit, et fouilla parmi les vêtements et la lingerie. Un délicieux parfum de chez Guerlain s'exhala tandis qu'il remuait les buées de dentelles et les transparences de nylon.

Les balles de neuf millimètres devaient être parfumées aussi, songea-t-il en sortant du sac l'énorme engin à barillet. La fille s'était levée et se tenait le dos au mur. Elle était blême. Une bizarre pudeur lui était même venue. Elle avait croisé les avant-bras à la hauteur des seins.

Lester lui lança la jupe qu'elle avait laissée sur le lit. Il trouva un corsage, au hasard, dans le sac, et le lança également. La fille semblait paralysée, fixant le canon du revolver braqué sur elle. Elle avait horreur des trous, la tueuse de M. Canthigaster ! Le policier lui fit signe de ramasser les vêtements et de s'habiller en vitesse.

Elle parut alors reprendre vie et enfila ses oripeaux avec une rapidité merveilleuse.

Lester recula encore de trois pas, pour avoir toute la chambre dans son champ de tir. Puis, de son arme, il fit signe à la belle de déguerpir.

L'instant d'après il était seul dans la chambre : quelque peu désappointé, peut-être.

CHAPITRE XVIII

Laurent engagea le véhicule sur un sentier qui s'en allait sous les arbres, à droite de la route. On s'arrêta quand les taillis se furent resserrés autour du camping-car au point de le dissimuler complètement.

— Même le virus de la grippe ne passerait pas, nota Lester, satisfait.

Il fallut descendre par l'arrière, comme les anciens passagers du véhicule. Il était minuit : on disposait de quatre heures avant le lever du jour.

Malgré sa promesse, Catherine ne voulut pas rester toute seule dans le camping-car : elle avait peur, évidemment, au milieu du bois : elle entendait déjà de drôles de bruits tout autour. C'étaient seulement les arbres, dit Lester : un peu de vent dans les arbres — mais non, soutint la jeune fille ! Ça ululait sous la lune, et les arbres ne font jamais ça. Il devait y avoir un animal, là, tout près, caché : dès qu'elle serait seule, ça lui sauterait à la gorge, sûrement !

— Très bien ! grommela le policier. Je vous aurai prévenus tous les deux : on a essayé de me tuer tout à l'heure, et les gens de la clinique ne sont certainement pas des enfants de chœur.

— Si Laurent y va, j'y vais, clama Catherine.

— Laurent, ce n'est pas la même chose !

— Ah, ah ! pourquoi ? Parce que c'est un garçon ?

— Parce qu'il sait ouvrir les portes.

La jeune fille réfléchit : elle ne savait pas ouvrir les portes comme Laurent, bien sûr ! Il lui fallait trouver un autre argument contre la collusion masculine, face à elle :

— Vous n'auriez pas peur, les mecs, enfermés dans un corbillard, la nuit, au milieu d'un bois ?

— Ce n'est plus un corbillard ! s'exclama Laurent.

— C'est un camping-car, approuva Lester avec une certaine mauvaise foi.

— Corbillard ou pas, vous n'auriez pas peur ?

— Il fallait rester à Genève, fit avec humeur le policier.

L'argument était de poids. La jeune fille trouva une réplique passablement usée :

— Si Laurent est en danger, je veux être avec lui !

— On veut mourir ensemble, s'esclaffa le garçon.

— Elle a peur du noir ! grommela Lester, elle veut bien se faire trouer la peau, mais pas dans le noir !

Ils furent devant la grille d'entrée de la clinique avant que le sort de Catherine eût été fixé : il ne restait plus alors qu'à constater qu'elle faisait partie de l'expédition.

Laurent composa le code d'ouverture de la grille, qui s'effaça silencieusement, glissant sur son rail. Lester leva les yeux vers la caméra de surveillance, dont le contour se découpait en noir sur le bleu profond du ciel.

— Avec un peu de malchance, fit-il, ils nous ont déjà repérés et nous aurons plus de mal à sortir d'ici qu'à y entrer.

Ils entrèrent néanmoins, puisqu'il était facile d'entrer.

Lester marchait en éclaireur dans l'allée, prêt à se

jeter dans les taillis à la première alerte. Catherine le suivait, plus morte que vive, prête à se jeter dans les bras de Laurent quand Lester se jetterait dans les fourrés. Le jeune homme fermait la marche, prêt à se jeter tout de suite dans une aventure moins périlleuse. Pendant une minute, rien ne se passa et personne ne se jeta nulle part.

Pendant la minute suivante, rien ne se passa davantage : on devait bien avoir parcouru la moitié du chemin, estima Lester. Il se retourna, et adressa un sourire d'encouragement à ses jeunes associés. Ceux-ci avaient repris un peu d'assurance. Malgré leur appréhension, ou peut-être à cause d'elle, ils étaient impatients d'affronter la suite des événements.

— Tout va bien ? chuchota Lester.

— Tout va bien, murmura Catherine.

Mais Laurent ne pouvait déjà plus en dire autant : une main surgie des fourrés, de l'ombre, de nulle part, du néant, venait de le saisir à l'épaule.

— Hé ! s'écria le jeune homme, glacé par la surprise.

— Hé, hé ! fit en écho le fourré, mais sur un ton plutôt rigolard.

Dans un réflexe digne de l'Anti-gang, Lester s'était déjà précipité dans le fourré qui avait dit « Hé, hé ». Il en retira un petit vieux en pyjama qui rigolait comme un fou.

— J'aurais dû y penser, pesta le policier en le lâchant : ça ne dort jamais à cet âge-là !

Le vieillard considérait le policier de ses yeux effarés d'oiseau nocturne, comme pour lui donner raison. Son hilarité s'effondra dans le fracas d'une toux incoercible et rauque.

Une petite bonne femme en chemise de nuit apparut à son tour, émergeant d'entre les buissons : elle fit un aimable signe de tête au policier, puis considéra d'un air désapprobateur le malheureux qui toussait à s'en déboîter les vertèbres.

— Tu vas encore nous faire de l'asthme, dit-elle. Tu ne dois pas courir, tu le sais bien !

Le vieux finit par retrouver son souffle. Lester ne dit plus rien. Il considérait stupidement les deux vieillards qui venaient de flanquer en l'air tous ses plans : comment les empêcher de se répandre dans la clinique et de raconter à leurs petits copains ce qu'ils venaient de voir ? Peut-être qu'en les remettant au lit avec une bonne fessée...

Le bonhomme se pencha vers la vieille et lui dit quelque chose à l'oreille : celle-ci hocha la tête en signe d'acquiescement, et se mit aussitôt en devoir de détacher le gros diamant qui lui couvrait au moins deux doigts de la main gauche.

— Je n'ai rien sur moi, jura le bonhomme.

La vieille n'arrivait pas à faire glisser la bague. Elle considéra sa main avec perplexité : elle ne pensait pas avoir tellement changé depuis sa dernière rencontre avec le président Fallières. Elle leva un regard plein d'appréhension sur Lester, puis sur l'autre bandit, le plus jeune, qui dansait d'un pied sur l'autre, l'air de s'impatienter.

— Vous n'allez pas me couper le doigt, au moins ? bredouilla-t-elle.

— Qu'est-ce que vous foutez là ? s'écria le policier. Pourquoi n'êtes-vous pas dans vos chambres ?

Les deux vieux avaient sursauté, puis s'étaient recroquevillés, s'amenuisant pour ainsi dire à vue d'œil : la bague de la rombière faillit se détacher d'elle-même et tomber de son doigt.

— On cherchait Mme Castorp, dit le vieux.

— Et M. Naphta, ajouta la vieille.

— Qui est-ce, encore ?

— Ce sont des nouveaux, fit le vieux sur le ton du dernier mépris. Et il ajouta : le Pr Adler n'aurait jamais dû les admettre ici.

— Ce sont des parvenus, reprit la vieille. Et ils se conduisent comme des porcs.

— Il faut les faire chasser d'ici, renchérit l'autre.

— Ils passent leur temps à forniquer, pour ainsi dire sous nos yeux... je les ai vus, tout à l'heure, dans le petit salon : ils essayaient encore de s'accoupler !

— A leur âge ! quelle honte ! glapit le vieux.

Il fut empêché de poursuivre ses imprécations : un troisième personnage venait de sortir des fourrés et considérait avec surprise le petit attroupement qui s'était fait dans l'allée, sous la lumière indifférente de la lune, qui d'ailleurs en a vu d'autres depuis qu'elle tient la chandelle la nuit, à la vie qui passe et à la connerie humaine.

— Amélie ! qui sont ces gens ? fit le troisième personnage.

— Je ne sais pas, dit Amélie, décontenancée : ils ne nous ont encore rien pris.

L'autre s'avança un peu à découvert, pour voir de plus près ces voleurs qui n'avaient encore rien volé.

Lester reconnut la vieille qui prenait des photos, tout à l'heure. Elle était en robe de chambre, et portait en sautoir son appareil Polaroïd. La vieille, à son tour, reconnut Lester et les deux baigneurs qui l'accompagnaient. Elle fit un pas en arrière, et pointa sur le policier un doigt dénonciateur, qui ne semblait pas avoir le moins du monde rouillé depuis Pétain.

— Ce sont des voleurs, s'exclama-t-elle. Ils m'ont fait mon sac à main, tout à l'heure !

La situation devenait délicate. D'une seconde à l'autre l'un des trois vieillards pouvait se mettre à hurler, ou bien tomber en syncope, et l'on n'aurait plus qu'à déguerpir avant d'avoir tout le personnel de la clinique sur le dos.

— Silence ! ordonna Lester d'une voix pleine d'autorité. Le Pr Adler nous a chargés de veiller en son absence à la bonne tenue de la clinique. Nous avons appris que M. Naphta et Mme Castorp se conduisent comme des orangs-outangs. D'ailleurs ils sont beaucoup moins riches qu'ils ne voudraient le faire croire...

— Je le savais ! triompha la vieille ordure au Polaroïd.

— Nous sommes chargés d'établir la preuve de leurs incessantes turpitudes, poursuivit Lester...

— Très bien ! Bravo ! exulta l'autre vieille.

— ... Et lorsque nous les aurons pris sur le fait, nous les chasserons de la clinique...

— Qu'ils crèvent tous les deux ! glapit le petit vieux.

— Il n'y a pas de place ici pour n'importe qui ! proféra la rombière au Polaroïd.

— C'est bien vrai, dit Lester en se retenant de rigoler, l'éternité ne peut pas être donnée à tout le monde.

— Ah ? vous êtes au courant ? s'exclamèrent d'une seule voix les trois vieillards.

Il fallut encore un bon moment à Lester pour s'en débarrasser : de minute en minute il en surgissait d'autres, des boiteux, des catarrheux, des durs d'oreille, des gâteux ! Les buissons en étaient pleins. A la fin ils furent une douzaine autour du policier, lui réclamant la peau de M. Naphta, de Mme Castorp, et même de plusieurs autres. En fait ils se détestaient tous. Ils ne rêvaient que de voir crever les copains : ça devait bien un peu les faire durer, cette haine, puisqu'ils étaient là, vivants, solides au fond, sculptés avec leurs grimaces dans le bronze ou le marbre de leur méchanceté.

Lester avait envie de se marrer, plutôt : il en avait vu d'autres. Il savait que la plupart des assassins n'ont jamais eu vraiment l'occasion de tuer personne. On ne vit pas au-delà d'un certain âge sans une robuste charpente d'égoïsme, et on ne peut pas « enterrer tout le monde », comme on dit, sans être un peu un assassin. On ne fait pas une grande fortune, non plus, sans l'avoir plus ou moins étouffée en rigolant bien à ceux qui n'avaient rien et qui l'ont bêtement foutu à la caisse d'épargne.

Laurent et Catherine, eux, ne savaient encore rien de tout ça. Ils regardaient ces vieux édentés se bouffer entre eux, et ça leur donnait plutôt la gerbe, comme le bifteck qu'on retrouve dans son frigo en rentrant de vacances.

Lester parvint finalement à disperser la vilaine nuée de vieillards en les renvoyant à la recherche de M. Naphta, de Mme Castorp, et de tous ceux dont ils voulaient la peau cette nuit-là, avec la permission pour les plus forts ou les plus malins d'étrangler les moins vigoureux.

— La sélection naturelle, c'est dégueulasse, conclut-il pour lui-même.

— A l'école, fit Laurent, on nous dit le contraire : il paraît qu'on est là, aujourd'hui, les frangins, parce que pendant des millions d'années les espèces les mieux adaptées ont bouffé les autres.

— Beau résultat ! fit Catherine.

— Ouais ! Beau résultat, reprit Lester. Et on n'a encore rien vu ! On a encore des millions d'années devant nous si les martiens ne s'en mêlent pas !

CHAPITRE XIX

Ils parvinrent sans autre difficulté dans le sous-sol de la clinique. L'intérieur du bâtiment était bien plus calme que le parc. Des veilleuses, de loin en loin au-dessus des portes, donnaient une demi-lumière bleutée. On retenait son souffle : le bourdonnement régulier et lointain d'un moteur faisait sentir la profondeur du silence autour de soi. Une partie du personnel devait pourtant veiller sur place, se dit Lester avec inquiétude. Mais quand on avait observé la vitalité des sales petits vieux dans leur chasse à l'homme, on pouvait imaginer que les médecins et les infirmiers étaient plongés depuis longtemps dans un sommeil réparateur.

— Ça n'existe pas, des gens comme ça, fit pensivement Catherine.

— A les voir effondrés dans leurs chaises longues, murmura le policier (plutôt pour lui-même), tu croirais qu'ils sont en train de crever vraiment. Mais à la première occasion ils se démasquent, ces prétendus agonisants, et ils se mettent à grouiller sur toi comme des rats.

— Ça y est ! j'en tiens une, fit Laurent.

Il venait d'ouvrir la porte du « bloc stérile » : ça ne lui avait pas pris plus d'une minute.

Lester entra seul, ayant demandé à ses jeunes amis de rester dans le couloir par prudence. Il ressortit après quelques instants, légèrement déçu : il n'était pas un expert, bien sûr, mais ce qu'il venait de voir aurait certainement pu figurer dans l'équipement de n'importe quel hôpital.

Laurent crocheta ensuite la porte de la « réanimation », puis une autre, puis une quatrième... sans rien donner encore à découvrir qui correspondît vraiment aux hypothèses du policier.

La cinquième porte donnait accès à un escalier de fer qui s'enfonçait dans la pénombre. A l'ouverture du battant — épais et lourd comme une porte de coffre-fort — le bourdonnement étouffé qui dérangeait à peine le silence ambiant se mua soudain en un grondement grave et puissant. Lester s'engagea dans l'escalier, suivi cette fois de Laurent. Ayant descendu une cinquantaine de marches, ils se rendirent compte qu'ils se trouvaient à mi-hauteur d'une formidable caverne dans laquelle on aurait pu faire tenir un immeuble de plusieurs étages. De grosses ampoules accrochées aux parois permettaient d'apprécier les dimensions du lieu et donnaient une idée approximative de sa forme, mais sans parvenir à percer tout à fait l'obscurité ambiante. On distinguait néanmoins au centre de cette sorte de cathédrale naturelle, les contours de l'énorme machine dont l'ample voûte rocheuse réverbérait le grondement, et l'amplifiait à présent jusqu'à le rendre presque intolérable.

— Bon dieu ! qu'est-ce que c'est ? s'exclama Lester.

Laurent demeura quelques secondes sans rien dire, promenant autour de lui un regard sidéré : pour un bricolage, c'était un sacré bricolage, et il s'y connaissait !

Puis il montra quelque chose au policier, en bas.

— Là... une turbine, et là... un alternateur : c'est un générateur. Une centrale électrique, plutôt : il doit y avoir assez de puissance pour alimenter une petite ville.

L'inspecteur resta pensif, une seconde : ce que Laurent venait de lui dire confirmait bien ses soupçons, et pourtant il hésitait encore à croire tout à fait à l'incroyable.

— Qu'est-ce qu'on fait ? demanda le jeune homme.

La solution se trouvait forcément derrière la dernière porte, songea Lester : là-haut, au bout du couloir ! Il remonta l'escalier de fer quatre à quatre, suivi de Laurent qui trouvait qu'on commençait à bien s'amuser en forçant les portes de ce fichu Disneyland.

Mais la dernière serrure n'était pas du même modèle que les autres, et après quelques minutes Laurent finit par déclarer forfait malgré toute son habileté :

— C'est insensé : il n'y a rien à l'intérieur. Pas la moindre ciselure ! pas le moindre mécanisme ! qu'est-ce que je peux crocheter, moi ? Il n'y a rien à crocheter !

Et il conclut, terriblement pessimiste :

— C'est une porte à commande magnétique : il n'y a pas de serrure, pas de pièce en mouvement. Il faut introduire une carte ou une clé magnétique, comme dans les distributeurs automatiques de billets, et ça t'invite à dîner gratis. Si tu n'as pas la bonne carte ou la bonne clé, la seule solution qui te reste, c'est un gros bâton de dynamite !

Le policier s'assit par terre, le dos contre le mur, silencieux, fatigué, comprenant qu'il était bien trop vieux pour changer de métier : il regarda sa montre, ce qui n'a jamais rajeuni personne, d'autant plus qu'il était deux heures et demie et que le jour allait se lever dans à peine plus d'une heure, bêtement ponctuel.

— Qu'est-ce qu'on fait, maintenant? demanda Catherine.

Lester haussa les épaules sans rien dire. Elle aurait mieux fait de se taire, celle-là!

Laurent s'assit à son tour, après une minute, puis Catherine aussi. Et chacun réalisa qu'il ne restait plus qu'à remonter, qu'à retrouver le camping-car, et qu'à rentrer sagement chez soi.

— Si seulement on avait cette putain de clé, fit Laurent, pour dire quelque chose.

— Oui... si seulement on avait cette enfoirée de clé, répéta en écho Catherine, pour ne pas le laisser parler tout seul, dans le vide.

— Si seulement... commença Lester...

Il se dressa soudain sur ses pieds, le visage illuminé :

— Mais je l'ai! Je l'ai dans ma poche depuis le début de l'enquête! Marcel Magne la portait sur lui! Une clé sans ciselure!

Il sortit le trousseau, trouva la petite clé toute plate qu'il avait remarquée le premier jour, et l'introduisit sans difficulté dans la serrure.

— On va bien voir, fit Laurent d'une voix lasse, et sans consentir à se lever.

On sentait bien qu'il aurait préféré pouvoir crocheter cette porte-ci comme les autres.

CHAPITRE XX

— J'aurais dû vous offrir davantage que ces cent mille dollars, fit Cornélius Canthigaster : les choses auraient sans doute mieux tourné, pour vous et pour moi.

Il se tenait face à Lester et à ses compagnons médusés, juste derrière la porte blindée qui finissait de s'ouvrir dans un léger chuintement. Il portait cet éternel manteau de loden vert qui l'engonçait, et son bizarre chapeau à plume, mais la température extrêmement fraîche qui régnait dans le sous-sol de la clinique, particulièrement depuis l'ouverture de la porte métallique, justifiait pour une fois cet accoutrement.

Il recula d'un pas, et s'inclina cérémonieusement, invitant ses visiteurs à entrer. Ceux-ci se retrouvèrent dans une pièce de petites dimensions, une sorte de vestibule aux cloisons de béton uniformément nues. Le plafond dispensait une lumière bleutée.

— Je me doutais bien que vous arriveriez jusqu'ici, monsieur Lester. Mais vous aurez tout de même besoin de moi pour ouvrir la dernière porte.

Il se tourna, et désigna de la main le panneau métallique qui se découpait dans le fond de la pièce. Laurent s'approcha pour regarder : la curiosité, chez lui, l'emportait sur l'appréhension. Le babouin le regarda faire avec un léger sourire.

— Votre jeune ami s'y connaît un peu, je crois.

Si ce panneau de métal était une porte, celle-ci ne comportait ni poignée, ni serrure apparente, ni le moindre système visible d'ouverture ou de verrouillage. Un rectangle de couleur noire et d'aspect vitreux, de la taille d'une grande feuille de papier à lettre, se découpait en son centre : Cornélius Canthigaster s'approcha du panneau de métal et appliqua la paume de sa main droite sur le rectangle : après une seconde, un déclic se fit entendre, et le panneau se détacha progressivement de la cloison, pivotant lentement vers l'intérieur du vestibule.

C'était bien une porte, d'une épaisseur formidable, dont le mouvement était commandé par quatre énormes vérins télescopiques.

— C'est ici qu'il faut montrer patte blanche, fit le babouin dans un petit rire : cette porte est munie d'un système d'identification qui vient d'analyser l'empreinte de ma main et de mes doigts.

Il invita du geste Lester et ses compagnons à passer devant lui : le policier laissa ses jeunes compagnons enjamber le seuil métallique, puis il se résigna à s'introduire à son tour, sachant que la suite des événements allait désormais lui échapper et que vingt centimètres d'acier, dans une seconde, le sépareraient du monde des vivants. L'énorme porte blindée pourtant demeura ouverte derrière Cornélius Canthigaster, qui était entré le dernier.

Ils se retrouvèrent dans une très longue salle, une sorte de couloir plutôt, dont les côtés étaient garnis de coffres-forts scellés dans le béton sur trois niveaux. Lester et ses deux jeunes compagnons s'immobilisèrent après quelques pas, saisis par le froid et considérant avec stupeur la buée formée par leur haleine.

— Il ne fait pas bien chaud, admit le babouin... mais cela ne devrait pas trop vous étonner, monsieur Lester.

Celui-ci s'approcha de l'alignement des coffres-forts disposés devant lui : il lui avait semblé voir un jet de vapeur grise s'échapper brièvement d'une des portes à combinaison. Il approcha la main, puis la retira sans avoir rien touché, et regarda Canthigaster qui lui souriait avec une espèce de bonhomie.

— Vous voulez dire qu'ils sont ici ? là-dedans ? demanda le policier dans un souffle.

Laurent et Catherine s'étaient approchés, considérant tour à tour l'inspecteur et l'homme en loden. Celui-ci eut un ample geste du bras :

— Ils sont ici, monsieur Lester... et nous vous attendions.

— Vous m'attendiez ?

Le sourire du babouin s'accentua :

— Croyez-vous qu'autrement je vous aurais laissé venir ?

Lester commença d'entrevoir quel sort lui réservait le babouin. En gros, il avait à peu près autant d'avenir qu'une sardine qui aurait gagné une croisière à bord d'une boîte de conserve : il lui sembla entendre distinctement les battements de cœur des centaines d'hommes et de femmes étendus alentour, chacun dans son étroite boîte, chacun dans son coffre-fort. Mais non ! Ces cœurs-là ne pouvaient plus battre. C'était son propre sang que le policier entendait cogner contre ses tempes. C'était sa vie à lui. C'était sa propre angoisse.

— On se croirait dans une banque, fit Catherine,

rompant le silence. On dirait la salle des coffres dans une banque.

Le babouin la regarda plutôt gentiment. Peut-être éprouvait-il vraiment de la sympathie, quelquefois, pour ses semblables.

— C'est bien une salle des coffres, dit-il. Mes clients y ont déposé ce qu'ils avaient de plus précieux...

— Ne le leur dites pas ! s'écria soudain Lester. Ils ne savent rien. Je ne leur ai rien dit ! Laissez-les s'en aller !

Canthigaster considéra le policier, puis les deux jeunes gens. Il parut réfléchir pendant une seconde, mais à la fin son visage se ferma.

— Ce garçon est très débrouillard, dit-il sur un ton de regret sincère. Mais il n'a pas sa place ici.

De la main, il désigna de nouveau l'alignement des coffres.

— Je dois m'astreindre à une sélection très rigoureuse, ajouta-t-il comme en s'excusant.

Il n'avait pas songé une seconde à laisser partir Laurent et Catherine. Tout ce qu'il pouvait encore leur proposer, réalisa Lester, ç'aurait été de...

— Est-ce que vous croyez vous-même à cela ? s'exclama le policier. Est-ce que vous croyez à cette monstruosité ?

— Marcel Magne y a cru, fit le babouin sur un ton doucereux. Et comme vous le voyez vous-même, des centaines de personnes y ont cru... depuis quarante ans.

— Quand on se trouve face à la mort, on pourrait même croire aux promesses d'un député !

— Si j'étais vous, monsieur Lester, j'essaierais de m'y mettre tout de suite.

Laurent et Catherine pâlirent soudain. Ils commençaient à comprendre que l'aventure venait de tourner dans un foutu sens unique. Lester, lui, aurait été bien incapable de pâlir davantage. Il était livide, en sueur malgré le froid, et il se demandait stupidement dans quel tiroir il avait laissé son revolver de service, là-bas, chez lui, à Paris. Mais au fait, le babouin était seul face à lui, et face aux deux mètres de Laurent. Avait-il au moins une arme, lui ?

— Allons, monsieur Lester ! Pas de vilaine pensée !

Et il sortit de son loden un gros pistolet, en réponse aux interrogations du policier.

— Même si vous arriviez à me maîtriser, ou à me tuer, vous ne sortiriez pas d'ici vivants : cette salle est bourrée de microphones extrêmement sensibles, qui perçoivent le moindre tressaillement. Le son de ma voix et le bruit de ma respiration sont analysés seconde par seconde par un ordinateur. Au premier incident, à la première anomalie dans le timbre de ma voix ou dans le rythme de mon souffle, les deux portes qui commandent cette salle se refermeraient immédiatement. Elles se refermeraient de même si l'un de vous cherchait à s'enfuir : l'ordinateur « sait » maintenant que nous sommes quatre ici. Ce nombre ne peut plus changer si je ne donne pas les instructions nécessaires.

Ces paroles furent suivies d'un pesant silence, pendant une minute ou deux. Le babouin rangea son arme dans sa poche, ayant suffisamment montré qu'il n'en avait pas besoin. Puis il entraîna Lester vers le fond de l'immense couloir, une cinquantaine de mètres plus loin. Laurent et Catherine les suivirent pendant quelques pas, puis se ravisèrent. Laurent se mit à examiner de plus près les lieux, surtout du côté de la porte. Il avisa les grosses vis à tête ronde qui maintenaient l'huisserie métallique : il devait bien y avoir des fils électriques là-dessous, quelque chose à bricoler pour faire démarrer le bel avenir... Catherine ne dit rien. Elle était toujours aussi pâle, mais elle regardait le garçon avec confiance.

Cependant, Lester et le babouin étaient arrivés au bout du couloir, dont le fond, comme les côtés, portait trois rangées de portières toutes semblables.

— Vous serez la première personne, monsieur Lester, depuis le fondateur de cette communauté, à y être admise gratuitement.

— Le fondateur ?

— Oui, le premier patient du Pr Adler... le voici ! Canthigaster désigna de la main la portière qui occupait le centre de la cloison. Rien ne la distinguait des autres, sauf une brève série de chiffres gravés dans le métal : 3.0.0.4.4.5.

— « 3.0.0.4.4.5. », répéta stupidement Lester.

— Cela ne vous dit rien ?

Le policier hésita une seconde.

— C'est le code, il me semble, pour ouvrir le portail de la clinique.

— Soit... mais est-ce que cela ne vous évoque rien d'autre ?

Lester fit un immense effort pour réfléchir, comme si Cornélius Canthigaster lui avait offert sa survie contre la solution de cette énigme. Mais l'angoisse lui brouillait les idées. C'est comme ça qu'on se fait éliminer en première semaine, songea-t-il stupidement.

— C'est une date, fit à la fin l'homme au loden. Une simple date : le trente avril mil neuf cent quarante-cinq.

— Le trente... avril... bredouilla l'inspecteur, abasourdi... alors c'est... c'est...

— C'est bien « lui », monsieur Lester. Il attend ici son heure, depuis quarante ans.

— Dans la glace... à moins deux cents degrés... parfaitement conservé... comme s'il n'était mort que d'hier... comme tous ces cadavres, autour... comme Pearl Inshar...

— Mais il n'est peut-être pas mort du tout, monsieur Lester. Et ces « cadavres », comme vous dites, reprendront peut-être vie un jour prochain. Du moins, le Pr Adler le croyait sincèrement : dans quelques dizaines d'années, nous aurons sans doute les moyens de rendre toutes ces personnes à une nouvelle existence.

— « Lui » aussi ? s'écria Lester en montrant la portière marquée d'un chiffre.

— « Lui » aussi, confirma sans émotion le babouin, qui ajouta : Nous avons d'autres chefs d'état, et non des moindres... en fait nous les avons presque tous. Mais ils ont dû payer. Certains ont même dû payer très cher. Voyez-vous... ils n'avaient pas tous la sympathie du Pr Adler !

Laurent, à l'autre bout de salle, avait soulevé l'une des plaques de métal fermant l'huisserie : il examinait le faisceau de fils électriques de diverses couleurs qui couraient le long du montant. Catherine se tenait juste derrière lui de façon à le dissimuler aux yeux de l'homme au loden, si celui-ci venait à regarder de leur côté.

— Ainsi, depuis trois ans, la maîtresse de Marcel Magne se trouvait dans l'un de ces... cercueils, fit Lester.

— Elle y serait encore, si Magne s'était soumis à nos décisions.

— Vos décisions : celles de M. Blake ? Celles de M. Hermann Muller ?

Cornélius Canthigaster eut un petit rire de vanité :

— Disons plutôt les miennes... et celles du Pr Adler : Hermann Muller n'est au courant de rien. Et le pauvre vieil Henry, je veux dire M. Blake, ne s'intéresse plus à grand-chose. Il a beaucoup baissé.

— Il est au courant, pourtant, de vos activités...

— Plus ou moins : il a retenu sa place, comme tout le monde. Mais il ne participe pas aux bénéfices. Et je peux vous dire que ces bénéfices sont considérables : les vieilles personnes qui habitent la clinique, et qui attendent leur tour, nous ont déjà transmis la totalité de leur fortune, car c'est le prix qu'il faut payer.

Lester se retourna, et considéra les centaines de portières en enfilade sur toute la longueur de la salle : chacune de ces portières représentait des milliards de patrimoine, intégralement abandonnés à M. Canthigaster : ainsi cet homme, avec le Pr Adler, avait réinventé le commerce de l'éternité : le plus fructueux de tous les commerces depuis les commencements de l'humanité. Et il l'avait rendu plus fructueux encore, puisqu'il dépouillait intégralement les malheureux candidats à son paradis souterrain de glace et de silence.

— Marcel Magne a cherché à nous rouler, expliqua le babouin : nous lui avions laissé provisoirement la jouissance de ses biens, mais il savait que nous en étions devenus les vrais propriétaires du jour où il nous avait confié sa maîtresse.

— Et quand Magne a commencé à vous désobéir, poursuivit le policier, le Pr Adler a sorti Pearl Inshar de son... coffre-fort... Cela s'est passé il y a moins de huit jours, n'est-ce pas ?

— Exactement.

— Voilà qui explique pourquoi la malheureuse semblait n'être morte que depuis quelques heures, alors qu'en fait...

— Morte... vivante... fit l'homme au loden comme pour lui-même, cela ne signifie peut-être pas grand-chose : si les gens qui sont ici reviennent vraiment à la vie, ce sera pour s'apercevoir qu'ils ne possèdent plus rien, et qu'ils ne sont eux-mêmes plus rien. Voyez-vous, monsieur Lester : nous n'obligeons personne. Ce sont ces gens qui viennent à nous. Et ils connaissent le prix à payer.

Cependant, Laurent avait fini de dénuder une douzaine de fils du faisceau électrique. Il avait maintenant le choix entre toutes sortes de courts-circuits possibles. Il suffisait de choisir le bon article, comme au B.H.V. : celui qui déconnectait peut-être les microphones de la salle sans provoquer le blocage des portes, ou la coupure de la lumière, ou la fermeture définitive du Loto sportif, allez donc savoir !

— Je ne pensais pas que Marcel Magne chercherait à nous résister, reprit Canthigaster. Je le croyais bien trop attaché à sa maîtresse pour prendre ce risque.

Il s'interrompit un instant, fixant le bout de ses chaussures, avant de conclure :

— J'ai fait une erreur de jugement. Oui ! j'ai fait une erreur de jugement... il est arrivé ici, l'autre nuit, revolver à la main : il a contraint ce pauvre Adler à l'accompagner jusqu'ici. Et quand il a constaté que nous venions de sortir sa maîtresse, il est devenu fou furieux... mais je crois, monsieur Lester, que vous avez parfaitement reconstitué la suite des événements.

Il s'interrompit à nouveau, et fixa de nouveau le bout de ses chaussures, l'air gêné.

— Je regrette que vous n'ayez pas accepté mes propositions. Je le regrette, car j'ai beaucoup d'estime pour vous. Vous n'avez pas commis une seule erreur dans votre enquête, et tout à l'heure, vous n'avez pas bu le whisky que je vous avais fait préparer.

Lester ne put résister à la curiosité, malgré ses soucis du moment :

— C'était quoi, votre poison ? demanda-t-il.

L'homme au loden fit un geste de la main, comme pour dire « peu importe », et il reprit :

— Un homme comme vous m'aurait été très utile, monsieur Lester. Quelqu'un dans ma situation ne peut pas surveiller tout le monde, et j'ignore beaucoup trop de choses...

Tout en parlant, ils revinrent du côté de la porte, où Laurent venait de terminer son petit sabotage et s'apprêtait à faire l'épreuve de son habileté, peut-être pour la dernière fois de sa vie.

Il mit en contact les deux fils qu'il avait choisis : l'expérience n'eut pas d'autre effet, apparemment, que de diminuer pendant une fraction de seconde l'intensité de l'éclairage ambiant. Canthigaster leva brièvement les yeux vers le plafond, mais sans interrompre son propos : il n'avait certainement rien remarqué. Catherine non plus n'avait rien remarqué, et commençait pour de bon à s'abandonner au désespoir. Laurent, par contre, était très satisfait de l'expérience : il reposa tout doucement la plaque d'acier contre le montant de la porte, et se retourna, mine de rien, vers les deux hommes qui s'approchaient.

— Maintenant que votre curiosité est satisfaite, monsieur Lester, je crains que nous n'ayons plus aucune raison de différer davantage la conclusion de cette aventure.

— Vous... vous voulez vraiment me mettre dans une de ces boîtes ? balbutia le policier.

— J'ai choisi cette solution car ça me chagrinerait de tuer un homme comme vous... Vous vous réveillerez au siècle prochain et vous n'aurez même pas senti le temps passer.

— J'espère ne pas vous y retrouver.

— Soyez sans crainte, ricana l'autre : personnellement j'ai horreur du froid. Je m'enrhume bien trop facilement.

— Pas fou !

— Préférez-vous ceci, monsieur Lester ?

Il sortit le revolver de sa poche, et parut le soupeser dans sa main, avant de le remettre en place.

Il ne se trouvait plus maintenant qu'à deux ou trois pas de Laurent. Il s'arrêta devant le jeune homme, mais sans paraître le voir, puis repartit vers le fond de la salle, entraînant Lester qui ne songeait plus qu'à gagner du temps, mais sans avoir la moindre idée de ce qu'il pourrait en faire : le babouin n'était pas le genre de type qui se laisse fléchir si on lui promet de lui faire sauter ses contraventions.

Laurent choisit cet instant pour sauter sur lui, l'assommant d'un coup de la tranche de la main sur la nuque :

— Il nous gonfle, ce type, quoi !

— Les portes ! Les portes ! s'écria Lester.

— Elles sont ouvertes pour longtemps, dit Laurent. J'y ai fait un bricolage bien pourri.

L'inspecteur demeura pantois, les genoux tremblants, la bouche sèche.

— Eh ben ! fit le garçon : on file, ou on attend qu'il se réveille ?

Ils se précipitèrent d'un bond hors de la salle. Ils allaient gagner l'ascenseur dans le même élan quand Lester, soudain, s'arrêta devant la dernière porte crochetée par Laurent.

— Tu pourrais vraiment bousiller n'importe quoi ?

— N'importe quoi ! affirma Laurent, que son succès venait de mettre en grande forme. Tu me files la bombe atomique, je t'en fais une friteuse en panne.

— Eh bien allons-y !

Ils dévalèrent ensemble l'escalier de fer qui menait au générateur électrique.

— Il y en a un, en tout cas, qui ne s'en tirera pas, dit Lester en atteignant la dernière marche.

— Qui ça ?

— Laisse tomber ! par chance, ce guignol était déjà mort bien avant que tu ne sois né. Du moins je le croyais jusqu'à aujourd'hui !

ÉPILOGUE

On a beaucoup parlé dans la presse de l'explosion, suivie d'un terrible incendie, qui vient de dévaster la clinique Adler. Il y a eu plusieurs victimes parmi les vieillards.

Mais on ne parlera jamais des centaines de corps carbonisés découverts dans les sous-sols.

L'inspecteur Lester a présenté Laurent et Catherine au commissaire Fournel. Ils ont tout de suite sympathisé : Laurent a refait l'installation électrique de l'appartement du commissaire. Il y a ménagé quelques bricolages à sa façon : il n'y a plus un seul commutateur électrique. Tout se commande maintenant de la voix. Malheureusement Laurent a voulu trop bien faire, et le commissaire ne peut plus éternuer ou rire un peu fort sans faire sauter les plombs.

Catherine a coupé les cheveux de l'inspecteur Lester. Elle lui a fait un rinçage bleu, sans rien lui dire. La concierge de l'immeuble trouve que l'inspecteur a rajeuni de dix ans.

La jeune fille n'a toujours pas réussi à couper la moustache du commissaire Fournel.

DU MÊME AUTEUR

Romans

B COMME BARABBAS, Gallimard, 1967

L'IRRÉVOLUTION, Gallimard, 1971 (Prix Médicis)

LA DENTELLIÈRE, Gallimard, 1974 (Prix Goncourt)

SI ON PARTAIT, Gallimard, 1978

TENDRES COUSINES, Gallimard, 1979

L'EAU DU MIROIR, Mercure de France, 1979

TERRE DES OMBRES, Gallimard, 1982

JEANNE DU BON PLAISIR, Denoël, 1982

Série Inspecteur Lester

PLUTÔT DEUX FOIS QU'UNE, Mercure de France, 1985

TROIS PETITS MEURTRES... ET PUIS S'EN VA, Ramsay, 1985.

L'ASSASSIN EST UNE LÉGENDE, Ramsay, 1987

LES PETITES ÉGARÉES, Ramsay/Denoël, 1988

COLLECTION FOLIO

Dernières parutions

2111. Roger Nimier — *D'Artagnan amoureux.*
2112. L.-F. Céline — *Guignol's band, I. Guignol's band, II (Le pont de Londres).*
2113. Carlos Fuentes — *Terra Nostra*, tome II.
2114. Zoé Oldenbourg — *Les Amours égarées.*
2115. Paule Constant — *Propriété privée.*
2116. Emmanuel Carrère — *Hors d'atteinte ?*
2117. Robert Mallet — *Ellynn.*
2118. William R. Burnett — *Quand la ville dort.*
2119. Pierre Magnan — *Le sang des Atrides.*
2120. Pierre Loti — *Ramuntcho.*
2121. Annie Ernaux — *Une femme.*
2122. Peter Handke — *Histoire d'enfant.*
2123. Christine Aventin — *Le cœur en poche.*
2124. Patrick Grainville — *La lisière.*
2125. Carlos Fuentes — *Le vieux gringo.*
2126. Muriel Spark — *Les célibataires.*
2127. Raymond Queneau — *Contes et propos.*
2128. Ed McBain — *Branle-bas au 87.*
2129. Ismaïl Kadaré — *Le grand hiver.*
2130. Hérodote — *L'Enquête*, livres V à IX.
2131. Salvatore Satta — *Le jour du jugement.*
2132. D. Belloc — *Suzanne.*
2133. Jean Vautrin — *Dix-huit tentatives pour devenir un saint.*

2134. Truman Capote — *Musique pour caméléon.*
2135. Sempé — *De bon matin.*
2136. Marguerite Duras — *Le square.*
2137. Mario Vargas Llosa — *Pantaleón et les Visiteuses.*
2138. Raymond Carver — *Les trois roses jaunes.*
2139. Marcel Proust — *Albertine disparue.*
2140. Henri Bosco — *Tante Martine.*
2141. David Goodis — *Les pieds dans les nuages.*
2142. Louis Calaferte — *Septentrion.*
2143. Pierre Assouline — *Albert Londres.*
2144. Jacques Perry — *Alcool vert.*
2145. Groucho Marx — *Correspondance.*
2146. Cavanna — *Le saviez-vous ? (Le petit Cavanna illustré).*
2147. Louis Guilloux — *Coco perdu (Essai de voix).*
2148. J. M. G. Le Clézio — *La ronde (et autres faits divers).*
2149. Jean Tardieu — *La comédie de la comédie* suivi de *La comédie des arts* et de *Poèmes à jouer.*
2150. Claude Roy — *L'ami lointain.*
2151. William Irish — *J'ai vu rouge.*
2152. David Saul — *Paradis Blues.*
2153. Guy de Maupassant — *Le rosier de Madame Husson.*
2154. Guilleragues — *Lettres portugaises.*
2155. Eugène Dabit — *L'Hôtel du Nord.*
2156. François Jacob — *La statue intérieure.*
2157. Michel Déon — *Je ne veux jamais l'oublier.*
2158. Remo Forlani — *Tous les chats ne sont pas en peluche.*
2159. Paula Jacques — *L'héritage de tante Carlotta.*
2161. Marguerite Yourcenar — *Quoi ? L'Éternité (Le labyrinthe du monde, III).*
2162. Claudio Magris — *Danube.*
2163. Richard Matheson — *Les seins de glace.*
2164. Emilio Tadini — *La longue nuit.*
2165. Saint-Simon — *Mémoires.*
2166. François Blanchot — *Le chevalier sur le fleuve.*
2167. Didier Daeninckx — *La mort n'oublie personne.*

2168. Florence Delay — *Riche et légère.*
2169. Philippe Labro — *Un été dans l'Ouest.*
2170. Pascal Lainé — *Les petites égarées.*
2171. Eugène Nicole — *L'Œuvre des mers.*
2172. Maurice Rheims — *Les greniers de Sienne.*
2173. Herta Müller — *L'Homme est un grand faisan sur terre.*
2174. Henry Fielding — *Histoire de Tom Jones, enfant trouvé, I.*
2175. Henry Fielding — *Histoire de Tom Jones, enfant trouvé, II.*
2176. Jim Thompson — *Cent mètres de silence.*
2177. John Le Carré — *Chandelles noires.*
2178. John Le Carré — *L'appel du mort.*
2179. J. G. Ballard — *Empire du Soleil.*

Impression Bussière à Saint-Amand (Cher),
le 4 septembre 1990.
Dépôt légal : septembre 1990.
Numéro d'imprimeur : 1358.

ISBN 2-07-038276-1./Imprimé en France.
(Précédemment publié aux Éditions Ramsay
ISBN 2-85956-498-5.)

49414